Pedro Maestre
Matando dinosaurios con tirachinas

Pedro
Maestre

Matando dinosaurios con tirachinas

Premio Nadal 1996

Ediciones Destino
Colección
Áncora y Delfín
Volumen 757

© Pedro Maestre, 1996
© Ediciones Destino, S.A., 1996
Consell de Cent, 425. 08009 Barcelona
Primera edición: febrero 1996
Segunda edición: febrero 1996
Tercera edición: febrero 1996
Cuarta edición: marzo 1996
Quinta edición: marzo 1996
ISBN: 84-233-2656-X
Depósito legal: B. 9.911-1996
Impreso por Limpergraf, S.L.
Carrer del Riu, 17. Ripollet del Vallès (Barcelona)
Impreso en España - Printed in Spain

A todos los que salen
porque han hecho muy bien el
papel que les he escrito, sí,
abuelo, a ti también

diciendo, mamá?, pero ¿qué me estás diciendo?, ¿me estás diciendo que el tío Paco abusaba de ti?, ¿me estás diciendo eso?, ¿cómo que te tocaba?, ¿que te tocaba cómo?, pero ¿dónde?, ¿qué quieres decir?, ¿que qué quieres decir?, ¿quieres decir decir lo que estás diciendo?, lo creo, lo creo, ¿y el abuelo?, ¿qué hacía el abuelo?, ¿el abuelo no hacía nada?, no puede ser, me puedo creer cualquier cosa, pero esto no,

abuelo, ése que está ahí abajo, no ése no, el otro, el del pelo rapado y que anda ladeado con una mano en el bolsillo, el que ahora cruza la calle esquivando los coches que van a detenerse ante el semáforo de la esquina, sí, el que lleva pantalón vaquero y un jersey negro de cuello vuelto y ha entrado en la panadería, ¿lo has visto?, ¿no?, pues espérate que salga con dos barras de pan y dos empanadas, ya verás, sabrás quién es por el fuego que le ha salido en la comisura de los labios, fíjate bien, también por los gestos plomizos de quien está cansado de levantarse todos los días a la una, mira, ése es, el que no se para a hablar con nadie pues a nadie conoce en esta ciudad en la que vive cinco meses y no ha hecho un puto conocido, y peor aún, en la que estará diez, quince meses, y no podrá deshacerse de las dentelladas de esa soledad tan diminuta que parece de juguete, pues ése, sí, el que mira los carteles de trabajo que ponen en los escaparates, ¿no lo ves?, el del pelo rapado porque ya tenía coronilla de fraile, además con esas gafas de no haber roto un plato en su vida, el que después de estudiar cuatro meses hace dos semanas, la primera de septiembre, no le dejaron presentarse a las oposiciones, abuelo, no ves tres en un burro, que no ves tres en un burro, además de cegato, sordo, nada, que no estés en babia y te fijes bien, ¿lo ves ya?, ¿dónde se ha metido?, habrá ido al centro a ver qué películas hacen, no, míralo, es el que sale del estanco de comprar cartas y sellos para hablar con alguien, el que..., el que acaba de tropezar y disimula como si nada, ¡qué torpe es!, pues ése, sí, el que tiene los ojos tristes y la mirada alegre, y ahora mira hacia aquí deseando tan temprano que sean ya las nueve la noche y Elia haya vuelto de trabajar y esté esperándole, pues ése, ¿que no sabes quién es?, ¿cómo te va a ver en la ventana si estás muerto desde hace cinco días, abuelo?, pues ése, como te iba diciendo, ése soy yo,

el que huyendo abre la puerta de la calle y, aún temblando de miedo, tira el pan en la cocina y también las cartas y los sellos y por fin deja de temblar al volver a secuestrarse en su habitación, tanto y tanto tiempo que no sabe si ve o se inventa los balcones con bombonas de butano, los toldos de color mierda, una antena parabólica en una terraza, la rubia de bote del segundo siempre en la cocina, el polvillo negro de las fábricas textiles que todo lo impregna, dos pinos escuálidos, las omnipresentes persianas bajadas del quinto donde seguro que hay un cadáver, la esquina que no quieren las putas, ¿por qué?, el gato destripado el jueves que nadie recoge, la cotilla del tercero, un ciclista solitario, el puesto de la Once, al atardecer perros sacando a pasear a sus amos, y amos que se parecen a sus perros, un poco de césped y un poco de cielo, el estanco donde no venden cerillas, alguna esporádica tía buena con su novio con cara de guardián, las mañacas jugando a la comba y los mañacos persiguiendo al gato que huye y el jueves un coche lo atropelló y nadie lo recoge, dos borrachos discutiendo sobre quién de los dos tiene más huevos, la cotilla del tercero y una amiga jamona con los rulos puestos desde que las bautizaron, el del Seat Toledo poniendo la moto delante de su garaje para que nadie aparque, el repartidor de coca-cola quitándola para aparcar de morro, petardos, viejos sacando sillas para tomar el fresco, el mecánico bakalaero del taller de la otra calle, la policía y la ambulancia pasando a toda leche y yo pensando por un segundo que venían por mí, el marido de la rubia de bote descamisado fumando en el balcón y una doble de ella a su lado mientras la original hace la cena, el cubo de agua que la cotilla del tercero arroja a los dos borrachos que ya de noche siguen resolviendo los problemas de la humanidad con docenas y docenas de huevos, un hombre frotándole un décimo a un jorobado, perros vagabundos hurgando en la basura, y..., ¡ah, sí!, y el tío chismoso del edificio de enfrente, ¡qué va!, mucho más que la cotilla del tercero, el del último piso, si en el resto de la escalera no vive nadie más, el que tiene el síndrome de Estocolmo consigo mismo,

abuelo, no te enteras, ¿eh?, ése del que mur-
muran, sí, el que ahora al creer que lo han
descubierto se aparta de la ventana, ése soy
yo también, ¿no te aclaras?, da lo mismo, yo
tampoco, bueno, ¿para qué nos vamos a engañar?, yo sí,

y no cabías por el agujero, abuelo, y yo no
pensaba en nada en particular, luego para
distraerme de que me picaba un huevo ob-
servé científico, científico quiere decir pensando las cosas por dentro y por fuera, a todos tus parientes esperando que alguno
llorara, la abuelica sí que daba pena envuel-
ta en el chal rastrero de toda la vida, parecía
una cría gimoteando porque le habían robado la piruleta, y eso que no gimoteaba, a veces respiraba fuerte pero ya está, que tampoco hay que cargar las tintas, todo el
panorama lo absorbía las quejas de cazalla
del sepulturero al comprobar que no y que
no te querías ir al otro barrio, abuelo, hasta
el último instante dando guerra, ¿eh?, yo me
decía, digo éste es capaz de resucitar y ponerse a dar indicaciones, no quiero darte
mala fama pero tampoco tengo por qué pre-

gonar tus grandes virtudes, decías que no
está bien hablar mal de los muertos, aunque
también dicen que el muerto al hoyo y el
vivo al bollo, ¿que qué tiene que ver esto contigo?, pues nada, pero por si acaso a mí ya no
me vas a ganar a frases hechas, y en esto...
que no entrabas, te quedabas atascado por
decimotercera vez y la repugnante bola de
sebo de la funeraria y el sepulturero discu-
tían amablemente con los dientes afilados, y
el Enrique, muy en su papel del nieto mayor,
me acribillaba con una cara de arrepentimiento por no haberme hecho caso en la
misa, parecía que me dijera que nos esca-
queáramos a su casa a ver revistas de tías en
pelotas como de chavales, a lo mejor yo tenía
cera en los oídos o andaba un poco trascendente, trascendente es que le das más importancia a las cosas de lo normal, tampoco tienes que hacerme mucho caso, y menos en
momentos como ése en el que cuanto más
tengo que sentir, más témpano de hielo soy,
y como lo sé, hago un esfuerzo por descon-
gelarme y casi siempre el tiro me sale por la
culata y empiezo a ver gigantes donde sólo
hay molinos, por ejemplo, cuando mi padre
me cogió por los hombros me pilló en pleno
divagar, por eso cuando recuperé mis hue-

vos bien puestos en la tierra, anduve un rato confuso, no sabiendo si había sido realidad o ficción tal muestra de cariño, como la última fue mi primer remoto día de universidad, que me dijo, después de ver en reposición un capítulo de La casa de la pradera, hoy empieza tu futuro, no estaba acostumbrado y no sabía muy bien qué sentimientos seleccionar, al final decidí disimular preocupándome por los 2 cm que te faltaban para dar por acabado tu numerito final, ¡coño!, es que ya era hora de comer y tú no parecías tener mucha prisa, claro, como ya no sabías por dónde iban las telenovelas, pues nada, allí estábamos, aguantando la calina que caía, podías haber elegido un día más práctico, ¿no?, práctico es hacer algo que no sea en balde, mientras te decidías, digo, que mientras te decidías, a la abuela la sentaron sobre una lápida a la sombra de un árbol, pero eso sí, aunque sudaba la gota gorda, no quiso quitarse el chal rastrero de toda la vida, mi madre le trajo un vaso de agua, ¿de dónde lo sacaría?, mi madre es tan pava como yo, pero con lo de sacrificarse a veces sorprende y es capaz de encontrar una foca en el desierto, entonces, el Miguel, ése no, el de la Reme, mi tío, a bocajarro me pregunta si no he hecho la mili sabiendo que no, y yo, sabiendo que voy a ser la víctima de su payasada de hoy, sensiblero por tu cuerpo presente o tonto del culo le respondo que voy a hacer la objeción de conciencia, que es, yo diplomático a más no poder, pues como la mili pero ayudando a ancianos, a drogadictos, o en los montes vigilando para que no haya incendios, y él, no sé, eso suena a mariconería, en la mili te haces un hombre con dos cojones y cuando sales te comes el mundo, la cuestión en este punto no es qué respuesta dar a esta gilipollez que he buscado, sino qué respuesta en ese momento delicado, ¿momento delicado?, ahora que lo pienso, ¡uy!, entonces ya tenía la mosca detrás de la oreja, pero es ahora cuando todo se me hace menos oscuro, todo aquello era absurdo, que todo aquello era absurdo, como en una película de los hermanos Marx, recuerdo que estuve a punto de descojonarme pero me comporté, cabrón, tú no estabas allí, por fin lo cojo, desde tu muerte todo había sido otra obra de teatro de las que tenemos que hacer todos los días, tú estabas tan lejos que tenía miedo de no volver a verte más, por eso caí en la trampa de creerme a pie juntillas toda vuestra parafernalia, tú estabas a millones de años luz, más o menos doblando la esquina dos calles más abajo, comprando boletos de rifa en el Bar Manchego para regalárnoslos a los nietos, o enseñándome la casa de campo de Chinorlet que acababas de comprar, o matando el conejo de la paella con un golpe de kárate en la nuca, o arreglándome el pinchazo de la bici-cross, tú entonces ya estabas aquí, en esta hoja en blanco que voy emborronando, y yo sin darme cuenta, estás aquí para siempre como a todos los que quiero y que luego saldrán, aquí estás, no en ese agujero por el que al fin lograron meterte y que tiene una fotografía tuya en la lápida, tú no eres ése sino éste que yo recuerdo como si todo tuviera sentido y nada fuera inútil, ¿que al Miguel qué le respondí?, primero deja de llamarme Pedrín y lo siguiente qué era, ¡ah, sí!, ¿qué querías que le respondiera?, ¿que era un chuloputas?, le expliqué con buena fe de pánfilo que prefería ayudar a los demás que a joderlos, ¿que qué me contestó?, imagínate lo que puede dar de sí uno de tu familia, todos son, cada uno a su estilo, unos pobres cantamañanas cabrones o unos cabrones pobres cantamañanas, según el ánimo que tenga, que todos los de tu familia..., déjalo,

Elia viene de trabajar, hoy he hecho de cena puré de verduras y salchichas, me abraza y me besa demasiado espitosa, quiero decir bulliciosa, yo le acaricio el pelo como si hubiera creído que este momento no fuera a llegar, ella no se da cuenta y me alegro de ello, tomo carrerilla y me guardo bien doblado el hastío para mañana por la mañana, y como una ofrenda dejo que me susurre al oído que tiene un regalo para mí, ¿qué es?, ¿será que he ganado el concurso de San Sebastián?, no me lo quiere decir, ¿qué es?, ¿dónde está?, ¿qué tengo que oír?, ¿en la escalera?, me asomo, es un esquelético gato callejero, ¿y eso?, ¿para nosotros?, ¿te lo has encontrado?, ¿qué Jorge?, pues no lo conozco, no, no sé quién es, pero ¿dónde te lo ha dado?, ¿y cómo es que...?, bueno, da lo mismo, ¿qué me pasa?, ¿qué hago yo ahora con estos ridículos celos si nunca he sido celoso?, ¿será por ser algo?, sí, será porque ando corto de hobbies, ¡un gato!, pero ¿nos lo vamos a quedar, Elia?, sí, me gusta, aunque nunca he tenido ninguno, no, mi abuelo tenía de todo menos gatos, tenía conejos, gallinas, palomas y un cerdo, ¿te acuerdas abuelo?, ¡menudo cabrón era!, un poco más y de un mordisco me arranca el pie, el pie, que casi me lo arranca, sí, sé lo que nos dijiste al Enrique y a mí, pero las cosas se dicen para no hacerles caso, ¿Elia?, ¿quién va a ser Elia?, sí, lo que crees, sí, vivimos juntos, no, en Elda no, nos hemos ido a Alcoy porque ella encontró trabajo, lo que pasa es que luego le salió uno mejor en Onteniente, pero como yo he elegido aquí la objeción, pues a unos 35 km de Alcoy, además ya lo sabías, no te quieres enterar, ¿eh?, sí, juntos, no, que no me voy a casar, que ahora..., abuelo, no me marees, ¿quiénes?, ¿qué primos?, ¿que unos primos tuyos viven en Alcoy?, ¿y qué?, a ver, ¿cuándo fue la última vez que los visitaste?, ¿40 años?, ¿entonces cómo quieres que esté el quiosco de tus primos en el mismo sitio?, no, no sé dónde me dices, no digas tonterías, la Guardia Civil no sabe de estas cosas, no es como antes, ahora se dedica a sus labores,

déjame que te cuente, abuelo, el miércoles fui al chino por lo de repartidor, pero sólo eran 4 horas a la semana los sábados, y pagaban 500 ptas. la hora, sí, ya sé que mi padre de chaval rebuscaba las basuras para encontrar un mendrugo de pan y que tú comiste ratas en la guerra, pero también es muy fuerte lo que está pasando ahora, ¡coño!, que no tenemos futuro hasta por lo menos dentro de diez años, cuando ya seamos prematuramente viejos y estemos cansados de no creer en nada que no sé, no sé, lo que no me explico es cómo los jóvenes no nos rebelamos como cuando no se tenía nada y nos conformamos con defender egoístamente las migajas de comodidad que nos quedan, deberíamos unirnos y salir a la calle a luchar por algo como en la guerra civil para no tirar cada uno por su lado esperando que nos lo den todo hecho, sí, ya sé, abuelo, que no te has enterado de nada, ¿de verdad que parezco un político?, tienes razón, mucho de boca pero poco..., no soy menos abúlico que los demás, un abúlico es un gandulazo que hoy, ayer y anteayer se ha levantado a las dos mientras Elia trabaja 10 horas en la tienda de muebles y no viene ni a comer para ganar una miseria, pero como ellos imagino que daría la cara, tengo 25 años y estoy dispuesto a que me salgan callos en las manos, tenemos el coco hecho a otra cosa que a este desierto de curro de esclavos, es que quema sólo 4 horas, si fueran más no me importaría apechugar, aunque no sé, lo más seguro es que esta noche me humille el sentimiento de culpa y vaya mañana, si la novela que he mandado a editoriales o algunos de los cuentos que vagan por concursos tuvieran salida, ya sé, tengo el cap ple de serrí, lo que sí debo hacer mañana es poner el anuncio de que buscamos a alguien para compartir el piso, no, abuelo, tú ya no puedes preocuparte ni nosotros te dejaríamos, que no puedes manejarnos como a mis padres, nosotros sabemos lo que hacemos, hace mucho tiempo que te retiraste de lo de corredor de fincas así que déjate de más chanchullos de los tuyos, si no mira con la herencia la que has formado, todavía tus benditos hijos andan tirándose de los pelos, ¿tus zapatos?, abuelo, ¿cómo me voy a poner esos zapatos del año de la picor?, además no es mi número, me vienen pequeños, que digo que son muy bonitos y que gracias, fíjate si me gustan que ahora mismo los llevo puestos,

Elia, antes de conocerme te rapabas el pelo porque no te querías, ahora eres morena cuando de repente dejas de estar alegre y una tristeza nos moja hasta los huesos, pelirroja cuando se te olvida por quinta vez eso que no recuerdas y te enrabietas, y rubia como este último mes cuando dices, con una sencillez inhumana para mí, llevamos casi medio año viviendo juntos y te quiero tanto y soy tan feliz a tu lado, que miro para todas partes, y una vez cerciorado de que soy el que también debe quererte tanto y ser tan feliz, entonces lo siento como un terremoto, sí, te quiero tanto y soy tan feliz, pero a la vez es tan irreal y tan frágil la felicidad, si es esto, que es difícil creérselo, tengo que luchar con todas las fuerzas conmigo mismo por llenar cada segundo de nuestras cosas, de aquel partido de tenis de Arancha y Steffi que ganamos, del primer día que nos besamos en el coche y no pusiste el freno de mano y chocamos contra la pared, de las cartas que te escribía todos los días y te dejaba en el limpiaparabrisas y ya no te escribo y no dejo en el limpiaparabrisas, de cuando empezamos a vivir aquí sin cocina ni lavadora y dormíamos en un colchón en el suelo, también de la extraña ternura que desprendía un cuerpo dormido a mi lado al que le olían los pies, y cómo descubriste que soy un dejado y cómo descubrí que eres una tiquismiquis para la limpieza, y muchas cosas más, las nuestras, como por ejemplo, los polos que nos hemos comido esta tarde, las hamburguesas, patatas fritas y coca-cola a las que nos hemos invitado, la película mala que hemos visto y el amor que nos hemos hecho, recordando con todas mis fuerzas éstas, nuestras cosas, para que las horas, los días, las semanas no estén vacías cuando, quizá pronto o nunca, no pueda sostenerte más y toque ya que te pudras conmigo,

no, no he limpiado el polvo, no, no he llamado al fontanero, se me ha olvidado, no, hoy tampoco he hecho la cama, sí, tienes razón, que sí, reconozco que soy un dejado, sí, voy a hacer todo lo posible por dejar de serlo, pero vale ya, ¡joder, Elia!, ya te he dicho que voy a cambiar así que no sigas con el estribillo, que no voy a llevarte la contraria, no, que no te sigo la corriente como a los locos, ya está bien, ¿no?, creo que te pasas, ¿tan importante es que esté la cama hecha o no?, pues si el grifo gotea que gotee, ¡coño!, además no es para tanto, ¿cómo me va a dar vergüenza ir al fontanero?, no te pongas borde o vamos a acabar mal, cuando coges el papel de sargenta de la limpieza te pones insoportable, no, no te aguanto, ya está, ¡hala!, morros al canto, Elia, ¿dónde estás?, Elia, por favor, sal del aseo y hablemos, no, no te quiero convencer con mi palabrería, sólo hablar, no puede ser que por estas tonterías siempre acabemos discutiendo, ¿qué nos pasa?, venga, sal y arreglémoslo, yo pondré todo de mi parte, esta vez sí es de verdad, pero tú también tienes que soltar cuerda, mañana limpio los cristales y llamo al fontanero, y la cama la voy a hacer todos los días, lo prometo, pero no discutamos más por una mosca que pasa, porque cuando lo hacemos parece que los que se echan los trastos no son otros sino nosotros,

no sé si hacerme pan tostado o darme una paja, estoy ahíto, espaguetis a la carbonara, y esta mañana, antes de irse a trabajar, Elia me ha chupado la polla como me gusta que me lo haga, despacio, hasta que no puedo más y le empujo la cabeza para que se atragante, pero ahora el hueco de la tarde me vacía de una manera salvaje, se me borra la memoria no sólo de hoy sino de todos los días que he hecho algo importante, y enmarañado en no poder dejar de seguir engañándome, me callo apretando con el estómago la boca y escuchando como un gato si alguien toca al timbre y no me pierdo, aunque se equivoque, y no me pierdo y me enfrento sin miedo a mí mismo, si al menos tuviéramos teléfono podría hacer llamadas obscenas a la rubia de bote del segundo, ¡qué iluso soy!, como me gusta montarme pirulas, yo no soy capaz de eso, bueno, primero, también me infravaloro, y, segundo, dramatizo por eso de la literatura, bajaré a comprar el periódico y en los deportes me olvidaré de mí un rato, si no me relajo voy a acabar mal con tantos días muertos por detrás y por delante, que sea Induráin el que tenga que hacer el desgaste, que cuando la cosa esté a punto de caramelo a mí no me pilla ni Dios, me estoy esperando un poco más allá, no me lo creo ni yo, no cambio ni aunque me maten, a mí, si digo la verdad, me gustaría vivir unos años más, a veces está bien una borrachera con los amigos, tranquilos, que ahora vienen Vicente, Mesca y los demás, que no sólo voy a contar mis penas, que también nos pasan cosas divertidas y si no lo son las hacemos, que solo aquí arriba soy una paja mental viviente, pero ahí abajo soy un actorazo de comedia, también está bien a veces hacer un mapa de caricias en el cuerpo de Elia para saber dónde estoy, y a veces también hacer rabiar al gato, o sea, resumiendo, que me he metido en un callejón sin salida, aburrido tonteo un poco conmigo y antes de que me dé tiempo a reaccionar ya tengo que hacer algo real, pero a pesar de todas estas estratagemas yo soy muy cuco y cuando lo de fuera me dice, ¡a moverse!, yo oigo, ¡acción, a rodar!, y represento mi papel a la perfección, que toca ser amable, pues yo me derrito de amabilidad, que toca ser cabrón, pues yo me derrito de cabronería y de gusto, porque disfrutar disfruto como un cosaco, aunque tengo que reconocerlo aquí en público, ese otro tú es tan sincero y fiel como tú al ralentí de aquí arriba, ¡madre mía, cómo estoy!, me tendré que dar una ducha fría para ver si se me baja tanta trascendencia, y todo por el dilema de no saber si darme una paja o hacerme pan tostado, haré las dos cosas y asunto resuelto, y Vicente y yo nos vamos a tomar una caña a Jezabel, no, a Pemán, Jezabel lo han cerrado, ¡no me acordaba!, Dartacán me dijo ayer que los moteros cambiaron la ruta del aperitivo y han jodido el asunto, ¡hola, Darwin!, ¿qué tal?, sí, estoy en Alcoy a ver lo que pasa, vale, nos vemos, saluda a tu hermano, ¿eh?, hasta luego, Vicente, te pido otra, ¿y cómo van las cosas por aquí?, pues como por allí, tampoco he buscado a fondo, estoy mirando algo de oposiciones en los ayuntamientos de Alcoy y alrededores, pero hasta que salga la convocatoria..., además la objeción está a punto de caer, a ti no te veo tan mal, creía que después de tener que venirte de Valencia ibas a estar más jodido, sí, me imagino que la procesión irá por dentro, ¿y tú has encontrado algo?, ¿no?, yo aún estoy un poco tocado por lo que me pasó en nuestras queridas oposiciones de profesor, pero a ver si pongo carteles y, como antes en Elda, doy clases para por lo menos ir tirando, ¿otra caña?, va, pide tú, ¡joder, qué fría!, así da gusto, Vicente, a veces he pensado si hiciste todo lo posible durante los dos años que estuviste allí cuando me reto si seré capaz de buscarme las lentejas en Alcoy, yo creo que te quedaste corto, algún día te lo diré, y no es por echártelo en cara, sino porque como somos como hermanos que han vivido cosas parecidas, hemos estudiado lo mismo, escribimos dentro del mismo rollo y nos gustan más o menos las mismas tías, siempre has sido un espejo donde mirarme, como espero que yo lo haya sido para ti, sobre todo, ¿pones dos cañas más, por favor?, sobre todo en la punta del capullo y en la novela del siglo XXI que estoy haciendo aquí o lo que sea, y más comparada con tu interminable y flaca obra maestra, ¿después de tres años aún no acabas de retocarla?, eres un sobón, oye, por cierto, ¿tienes suficientes pelas?, jefe, ¿a cuánto son las cañas?, 80 ptas., ¿en Jezabel a 100?, pues nos ahorramos 20 por caña, es decir, con el dinero de 4 cañas en Jezabel aquí tenemos 5, ¿que parecemos rácanos?, ¡qué va!, lo que somos es pobrecicos, cada vez que voy al cajero es como si los jíbaros me redujeran a ras de suelo para que no sepa apreciar más el purificador amanecer de esta mañana, este religioso aperitivo o el concierto gratuito de grupos del pueblo que Antoñín me ha dicho que hay, van a dar caña, vamos a ir, ¿no?, ¿y la Chus?, ¿en Valencia?, entonces no viene, sí, a ti te dice que tiene un examen de Filosofía de la Naturaleza, pero seguro que te la da con cualquier fallero,

mamá, hoy viene Elia a comer, pues si estás mala acuéstate, la gente si está mala no se levanta, yo hago la comida, pero no digas eso, por favor, ¿cómo no voy a saber dónde están las cosas si he vivido aquí toda la vida?, eso era antes, ahora he aprendido, hago unas paellas de chuparse los dedos, mira, hoy voy a hacer una de carne y verduras, tú acuéstate, y si falta algún ingrediente ya voy yo a comprarlo, mamá, hazme caso o me voy a cabrear, de hecho, ya estoy cabreado, así que descansa, no quiero que me ayudes, quiero que no estés aquí poniendo cara de mártir y te vayas a la cama, haz lo que quieras, pero como te pongas pegajosa me largo, te lo he avisado, ¿eh?, vamos a ver, arroz hay, verdura también, carne no hay suficiente, pero, mamá, ¿a dónde vas?, tú qué vas a ir a comprar la carne, es que es imposible que no te grite, anda, ahora viene el otro, aunque a lo mejor es la abuela, también tiene llave creo, no, es él, esto se está poniendo irrespirable, si puedo a malas penas soportar a uno, a los dos a la vez es demasiado para mi cuerpo, la combinación de la Madre Carmen de Elda versión alma en pena con la Sombra Muda carraspeando al fondo es para salir corriendo y no volver más, mamá, dile a tu marido que eso es lo que voy a hacer ahora mismo yo, el Prófugo Impotente que no puede superar todo lo que debería tener ya superado si no le agobiara tanto, es que también lo de mi casa es tela marinera, ¿no?,

Elia, te esperamos en El Paso, ¿a las diez?, sí, imagino que ya iremos calientes, vente a las tascas si quieres, lo que tú quieras, pues a las diez allí, ¿el concierto?, a las doce en la plaza de toros, ¿no me das un beso de despedida?, ¿no?, ¿y eso?, ven aquí, te voy a coger de todas maneras, ¿que no?, ya verás, que te cojo, que te cojo, tía, que sólo es un beso, ¡joder, sí que te lo has tomado a pecho!, ¡hala, corre!, que te va a dar un beso tu tía María la de Almería, sí, ahora ven con pamplinas, a las diez nos vemos, sí, ya sé que me quieres mucho, yo no voy a hacer nada, tú eres la que tiene que hacer todo el trabajo, ¡caíste, caíste!, ¿has visto qué táctica más sutilmente maquiavélica y qué morreo de campeonato?, sí, soy un mañaco y qué pasa, anda, lárgate, ya no te necesito, no, no bebebeberemos mumuchochocho, ¡hasta luego!, Vicente, que se me ha hecho tarde, ¿con Elia?, a las diez en El Paso, y también he visto por la calle a María José e Isa y he quedado con ellas en el concierto, sí, mejor vamos a ver directamente al Antoñín, no, abuelo, un tiorro casado y con un hijo, pero como todo el mundo le llama así, sí, cualquiera que no sea habitual del bar y nos oiga decir, Antoñín, ¿cómo va todo?, dos Mahou, tendrá que aguantarse la risa para que no le rompamos la cabeza o él a nosotros, el Atleti no va ni para atrás, ¡hombre, Darta!, estaba diciendo a tus amigos sufridores que qué vas a hacer con el Atleti y sobre todo con tal y tal, yo como soy del Barcelona no tengo esos problemas como comprenderéis, este año otra vez seremos campeones de Europa mientras vosotros vais en picado a segunda, ¡eh, esperad!, voy a pichar y después ya me podéis vapulear, hace mucho tiempo en un país que ya no existe vivían dos amigos que crecieron con muchos pájaros en la cabeza, pío, pío, pío, ¿cómo te llamas?, ¡hola, Ágata!, ¿y tú?, ¿Sindy?, ¿y tú?, ¡hola, Linda!, esperad, ahora venimos, ¿con cuál nos vamos Vicente?, ¿yo?, yo por Ágata que parece más potable aunque sólo sea por el nombre, Ágata, ¿cuánto?, sí, los dos, lo mínimo, 4.000 los dos, Vicente, ¡joder!, ya sé que no hace falta que te lo repita y que he cambiado los papeles y, fielmente, tú fuiste el negociante y yo el tímido, pero también sabes de mi dificultad innata de salirme de mi punto de vista, así que no me jodas con que le falta riqueza a la escena, tú lo que quieres es quitarme el papel del prota, ni una palabra más, ¿eh?, ¡silencio!, 4.000 los dos, Vicente, ¿vale?, oye, de acuerdo, no, no tenemos coche, Vicente, dice que tenemos que pagar por el alquiler de una habitación en una pensión que ella conoce, son 2.000 cucas más, de acuerdo, aceptamos, él se llama Vicente y yo Óscar, ¿por dónde?, ¡ah, por aquí!, ¿qué quieres decirme, Vicente?, me lo he cambiado porque me ha dado la gana y porque me ha cabreado lo de pedirme tus diálogos, no, gracias, Ágata, no fumamos, ¿fuego?, pues tampoco, es que no fumamos como ya te he dicho, de todos nuestros conocidos sólo fuma uno, sí, es raro, pero es así, ¿aquí es?, ¡buenas noches!, Ágata, ¿pagamos lo del alquiler aquí?, Vicente, ¿tienes tú las 2.000?, pues nada, ya está, vamos para arriba, ¡ay, que me caigo!, cuidado con ese escalón que tiene suelta una baldosa, mirad, nos lo han puesto fácil, tenemos la 106 pero sólo hay cuatro puertas, ésa es, ya está, abierta, ¿el dinero en la mesita?, se lo dejas tú, ¿no, Vicente?, no, no queremos hacerte nada ni que nos hagas, no te mosquees, no hay ninguna historia rara por medio, ¿él y yo?, ¡qué va!, más quisiera el cabrón éste metértela por el culo, sí, Vicente, y yo, no, lo único que queremos es que te desnudes, sí, túmbate en la cama, ¿se tumba en la cama, Vicente?, sí, sí, túmbate, ¿empiezas tú, Vicente?, ¿yo primero?, esto sí fue así, ¿eh?, ahí va, todas las palomas cagan sobre mi polvo, y es otoño en mi cabeza, chapoteo en la mierda recién inventada y yo también te odio, de terciopelo se ajan los labios, y me asomo a lo que no has dicho, y no estoy, y tú has desaparecido tras aquellos árboles donde anudándome a la melancolía te escribo, la ausencia es un túnel sin salida...,

¿la abuela?, pues bien, ¿no te lo crees?, pues es la verdad, si te lo estoy diciendo, que sí, bueno, no, pero que no te ponga triste lo que te voy a decir, está más sola que la una, toda tu familia, nosotros los primeros, yo sobre todo, se lava las manos, entre semana se aguanta la vela, pero llega el fin de semana y todo quisqui se las pira bien temprano al campo para quitarse el muerto de encima, ¡ah, lo siento!, no he caído en que tú..., mírala, por allí viene, ¿por Santa Ana?, si eso está en tu tierra jumillana y lo que yo te digo es en Elda, ¿aún no la ves?, chico, por la Tafalera, anda, ¿qué le van a hacer los gitanos?, parece mentira con el roce que has tenido con ellos, con la de tratos en los que te has escupido la mano, ¿de dónde va a venir?, de verte de allí de donde no estás, del cementerio, déjala que se distraiga, y además, aunque yo pongo mucho empeño en lo mío, cada uno que te recuerde donde le nazca, abuela, ¿qué?, ¿y eso que no ha llamado a nadie para que la subiera en coche?, haber llamado al Enrique o a mi padre, qué va a molestar, si el Enrique está sin faena y mi padre sólo tiene que evitar que los vecinos lo vean para que no murmuren que no trabaja, siéntese, con el calor y la caminata tendrá sed, ¿no?, le traigo un vaso de agua, ¿eh?, aquí lo tiene, ¿y qué se cuenta?, abuelo, dice que ha ido al médico por las pupas que le salen en la frente y que le han dado una pomada que se llama..., no sé cómo se llama, no puedo descifrar lo que pone en la receta, también dice que hoy, que es viernes, se va a comer las sobras de un hervido del martes, y también, y es lo último que te voy a decir porque me tengo que ir, me pregunta si veo bien que reparta 300.000 ptas. a cada hijo, yo le digo que ella verá pero que yo le aconsejo que no, que lo aproveche para comer y vestirse mejor y si le sobra que se dé un buen viaje, sí, abuelo, se lo digo, podría ir a los baños de Mula, allí iba mucho con el abuelo, ¿no?,

ya no habel, ayel sí todavía, hoy ya no, ya tenel, eso me ha dicho el del chino, abuelo, y,

¡joder!, yo sé porque lo he visto que tiene un BMW nuevo, pero no puedo joderle las ruedas porque no los odio ni creo que nos quiten el trabajo, Mesca seguro que sí lo pensaría con más fuerza, es un amigo que está estudiando en Madrid, él sí lo pensaría, tampoco sería capaz de hacerlo, y después se justificaría diciendo lo de siempre, que él no es racista, que no cree en la superioridad de la raza, pero que sólo vienen a quitarnos el trabajo y las tías, y las tías, tontas del culo, ven a un guiri y se vuelven locas por sus pelos de rasta, diría, el otro día pasé por la Puerta del Sol y allí están todos escondidos como alimañas al acecho para meternos el chocolate por los ojos, y hasta vi, lo juro, cómo se quitaban los piojos los unos a los otros, seguiría diciendo, yo no los mataba, pero sí les daba una paliza para que se cagaran de miedo y se fueran a su choza, y digo yo, esto es de la época de las cavernas, que lo dijeras tú, que le rompiste un brazo al primer novio de mi madre al que nadie más le vio el pelo, pero un tío que está en la universidad que convierta a los extranjeros en chivos expiatorios, quiere decir los que pagan el pato, de sus frustraciones, lo fácil, hubiera sido dejarme llevar por mis ganas de rajarle las ruedas al BMW y así descargarme de toda la tensión que llevaba dentro, incluso he pensado para justificarme que si tiene un cochazo así podría pagarse las ruedas, al final he vuelto a la civilización y a no equivocarme de enemigo, ha habido un instante hipnotizador, Mesca, en que te comprendía, pero ahora ya no,

mamá, si te zumban los oídos soy yo, díselo a tu marido, es que tengo que deciros unas cosas que nunca os he dicho, ¿preparada?, ¿también él tiene los oídos bien abiertos?, ¿sí?, pues jamás podré olvidar que no me dejarais ir al viaje de fin de curso de EGB a Palma de Mallorca, no, no me interrumpáis, y no es una amenaza que esconde una venganza que he ido dosificando desde entonces, sino mi catarsis particular, sí, a estas alturas de novela y sin venir a cuento, para eso soy el jefe, ¿no?, aquello con el tiempo se convirtió en una herida simbólica, y lo simbólico, si no lo sabéis os lo digo yo, es más arrasador que todo lo que podáis imaginar, mamá, tu hijito de porcelana no se mareaba, sino que tú eras, aquí me voy a dejar de metáforas,

37

una chantajista, como mi madrecita del alma está delicada del corazón y no la puedo hacer sufrir, me pasaré toda la semana del viaje sin salir de mi habitación llorando, y para estar entretenido no pensaré que es jueves y Matías, Carmen, Julio, Pilar y todos los demás están en las Cuevas del Drac, y que esta noche dormirán en la playa e inventarán historias fantásticas que recordaré de memoria mucho tiempo después, sí, hace mucho tiempo de esto, y también de la descendencia de irrespirables trampas de juguete que poníais a cada paso que quería dar y en las que caía como el perro más obediente y fiel, sí, mucho tiempo, pero por eso mismo, sólo es ahora, mientras soy yo el que debe intentar haceros el boca a boca para que no os ahoguéis vosotros mismos, cuando amable puedo recordar con asco, pese a ser toda la vida un debilucho tenía que haberme escapado y haber ido al viaje, quizá entonces no hubiera dejado que pasara lo que nos ha pasado, y quizá no me sentiría tan indefenso como todo me hace sentir,

¿y mi madre del alma?, nada, ¡qué va a pasar!, tenía ganas de hablar contigo, como el fin de semana no tuvimos mucho tiempo, ¿todo bien por ahí? ¡cuántas cosas!, alegría, alegría, no me digas más, que me lo sé de memoria, a que también te duele el cuello y te dan mareos y no ves bien y, por supuesto, tu marido está todo el día jodiendo la marrana y tú tienes que aguantarlo porque a pesar de todo es muy bueno, no, si ya sé que no quiere reconocer que está amargado porque no trabaja, no, si el cuento me lo sé bastante bien, por eso en vez de perder el tiempo y el dinero llamándote para contarme siempre lo mismo, grábalo y mándame la cinta por Correos, así es más práctico, sí, y educativo, yo ya te lo dije, yo he intentado ayudaros y no cambiáis, ya lo sabéis, hasta que no vayáis a un psicólogo no vuelvo a casa ni llamo por teléfono, se lo has dicho a tu marido, ¿no?, este fin de semana lo incumplí, pero a partir de ahora sí lo voy a cumplir, bueno, esto se acaba, sí, llamarte me da una alegría, ¿no oyes cómo salto?,

de la cama a la tele, la enciendo, miro por la ventana, la rubia de bote en la cocina, la apago, miro otra vez por la ventana, la cotilla del tercero espiándome, la enciendo, me acuerdo de que hay que tender la ropa y no voy, me siento y cambio de canal, y otra vez, y otra, y otra, para que no dé tiempo a pensar que debería estar haciendo otra cosa a las doce y media de la mañana, estudiando o buscando trabajo, a la noche cuando llegue Elia me mentiré como ayer, como mañana y pasado mañana, y es que tiene que durar la anestesia, porque si caigo quizá mi orgullo no me deje levantarme para volver a caer, o quizá tengo una polla en vinagre agriándome la cabeza, lo más seguro, pero es que debe de hacer un frío ahí afuera y mi madre no me dejaba salir a la calle si sólo caían cuatro gotas, ya sé, ya no estoy unido al cordón umbilical de nadie desde hace mucho, pero el que tuvo retuvo y además soy un gallina, parece que ahora esté viviendo un encantamiento neblinoso y que haciendo sólo así, ¡zas!, todo recuperaría su curso, ¿qué curso?, eso sí que no me lo pregunto porque ya estoy bastante jodido con lo que me toca para andar complicándome más la vida con espejismos, tenéis razón todos si queréis tenerla, ¿qué complicación?, estoy puteado y con el agua al cuello, pero hago lo que me da la gana y todavía puedo tomarme un aperitivo, lo reconozco, soy un burgués de mierda que confunde la picadura de un mosquito con la mordedura de una pitón, ¿y qué más?, también un mantenido con más cara que espalda que sabe que tiene unos papás de su hijo que no van a cerrar el grifo si algo va peor, ¡joder!, si parece hasta que yo no sea yo, ¿tendré un hermano gemelo dentro de mí?, no, por favor, ¡qué asco verme repetido en alguien y qué asco todo!, tendría que hacer algo para no machacarme más, para no darle vueltas a las cosas una y mil veces, hoy creo que voy por la 3.072, en la 135 acababa de llegar a Alcoy y pensaba que todo era por el desconcierto de expulsarme yo mismo del cronometrado paraíso familiar, en la 1.864 descubrí, sin querer reconocerlo, que tal desconcierto era acojono ante lo que se me venía encima, y en la 3.072 que toda ya se ha desplomado sobre mí y yo miro hacia otra parte, hacia el infinito, debo de tener una cara de bobo, es para verme, y menos mal que no llevo aquel pelucón y aquellas gafotas de otros tiempos, ahora estoy más apañaíco, y eso, ¡y no es una obsesión ni una justificación!, que mi madre no me dejaba salir de sus faldas y yo tampoco hacía nada por impedirlo, sí, ya está bien de hablar del pasado,

Vicente, soy pesado, ¿eh?, compréndeme, es que tener que ver los toros a dos palmos y no desde la barrera y por la tele como siempre, trastorna, ¿entiendes más ahora?, ¿sí?, me alegro y no sabes cómo, ¿por dónde iba?, ¡ah, sí!, que hablo del pasado para desviar mi atención del presente, ya sé que es un recurso facilón para un universitario como yo, pero estoy a punto de convencerme de que he dado 5 vueltas al mundo desde que mis padres iban a recogerme ya crecidito a la facultad, y entonces no puedo estar tan estancado como realmente estoy, mogollón a decir verdad, es decir, que hasta aquí hemos llegado, no pienso volver atrás, reniego del arrepentimiento de lo que no he hecho y debería, según la definición personal de persona, haber hecho, el pasado no existe para mis tejemanejes justificatorios, y no me voy a dar la más mínima oportunidad, porque si me dejo embaucar por mi verborrea, soy capaz de venderme una enciclopedia sobre la historia de las ranas con una calculadora de regalo, y todo esto porque la vida, dicen, hace pupa y yo soy un miedica que se marea si ve sangre, tengo que hacer algo, desempolvarme, aunque las pase canutas será mejor que ser el protagonista de un Estrenos TV,

entonces sí que de verdad estaré vivo y coleando, voy a hacer mi propia revolución,
empezaré por tender la ropa,

tierra, trágame, en el pasado muchas veces
metí la pata hasta el fondo, y lo que te da risa
de llorar es que todavía no sé si la he sacado,
yo creo que sí pero en estas cosas nunca se
sabe, si no por qué sigo con este lenguaje ci-
frado que no entiendo ni yo mismo, ¿a qué
tengo miedo?, ¿de qué me escondo?, contra
el Franco de estar por casa se estaba mejor,
algo contra lo que luchar, algo para no mirar
hacia adelante, queridos padres, os escribo
estas letras para que sepáis que, aunque no
dejéis de ponerme trampas, hoy mismo dejo
de ser Kafka, ¡coño!, que se ha acabado la
máscara de víctima y su escenografía, vosotros seguid igual de muertos y así no os cons-
tiparéis, yo nada, por aquí, a ver si me bajo
los pantalones y cojo una pulmonía, porque
hasta que no coges, bueno, adiós, hasta que
no coges una pulmonía no sabes lo que vale
un kilo de patatas, señora, ¿cuánto vale un
kilo de patatas?, ¿160 ptas.?, si la última vez
costaban 10, sí, hace tiempo, unos 25 años y

medio, sí, claro que sí, a partir de ahora vendré más a menudo, no, llevo un tiempo dando vueltas por el mercado pero no me atrevía a preguntar el precio, tenía miedo de saber cuál era, y hoy por fin me he decidido, no, no me ha pasado nada malo que me han hecho dar un giro de 180 grados, es que me he dado cuenta de que, aunque es más fácil la tragedia que reírte de ti mismo y de paso hacer reír a los demás, ¡coño!, casi me mato, he metido la pata en un agujero de la acera, no, no me ha pasado nada, señor policía, es que no lo he visto, no, nada, sólo es un rasguño, antes hubiera sido una pierna rota y clamar contra el destino injusto, pero a partir de ahora todo se arregla con un poco de mercromina,

hoy día 13 de octubre, día de san Cirilo y santa Eduvigis, le pongo de comer al gato, riego las marías y salgo a pasear, miro escaparates, entro en una librería, pierdo la noción del tiempo y me voy con las ganas de comprar algún libro, sigo mirando escaparates ausente, me encuentro un sonajero, está roto, lo tiro a una papelera, observo lo ridículo que es un policía dirigiendo el tráfico mientras espero que me dé paso, cruzo y sigo sin mirar la cara a la gente, no corro el peligro de ser antipático porque, aunque algunos se parecen a conocidos de Elda, sobre todo el de los ojos achinados, no lo suficiente como para saludarlos, con discreción, como si tuviera prisa, me paro ante la cartelera de cine, Drácula y La marrana, ¿ahora?, si hace una eternidad que las estrenaron, a las 6, a las 8.15 y a las 10.30, me ato las cordoneras después de desatármelas y me dirijo al puente San Jorge, un coche le ha aplastado la pata a un perro callejero, los ladridos son tan lastimeros que el del coche, un hombre que es mi padre hace veinte años, seguro que está pensando que qué pena porque en realidad quiso reventarlo, pero eso no se lo puede decir a las dos ancianas que quieren llevarse el perro a su casa a curarlo, ni tampoco a mi madre cuando le cuente lo ocurrido, sólo yo lo sé, que tampoco puedo dejar en libertad mis sentimientos fuera de nuestro secreto, por eso se esfuma la escena y, otra vez huérfano, me doy la vuelta para pasar por la Casa de Cultura a ver la película del cine-club y si en el tablón de anuncios hay algún concurso, sólo hay un concurso de fotografía y este viernes no hacen película, el siguiente El maquinista de La General, lo más seguro es que no estaremos porque son fiestas en Elda, o a lo mejor sí, ahora que no vienen coches cruzo y miro la hora en uno de los expendedores de la zona azul, las 7.24, me siento en uno de los bancos del paseo que hay al lado de casa, neutro veo a la gente pasar, incluso cuando lo hace la bolita de carne en su patinete sin manillar, luego me hurgo la nariz, y luego nada más,

Elia, cuando acaricio tus mandarinas por encima de la camiseta, los que leen esto me preguntan sorprendidos que cómo puedo oler a azahar si tengo un sabor amargo, yo no digo nada, sino que enamorado sigo acariciándote todo lo alto que soy hasta ser invisibles y estar tú y yo por fin solos, desvelados por desnudarnos a migajas o por rompernos la crisma de un abrazo, sobre todo, retrasándonos para que tu mirada se ponga dura y atravesemos con el deseo mojándose todos los túneles que nos meten dentro, tan adentro que no queremos salir nunca, afuera las palabras nos tientan con su ceguera de cascabel, pero nosotros aún podemos caer hasta el fondo, hasta ese lunar que tienes en el cuello y que encaja perfecto en mis besos que tú recoges con un dolor pequeño en mis labios y yo curo sin herida, callándonos de silencio para cuando los segundos que pasan enseguida traigan el chaparrón de luz y después tengamos que hablarnos de nuevo,

me he pasado con la sal, pero no pongas esa cara, sí tú, Elia, no digas ahora que no, estás poniendo unas caras que joden mucho al que ha estado preparando toda la tarde esta receta nueva, trae tu plato que lo voy a tirar, que me lo des, pues te lo quito, te lo voy a quitar así que no te enfades, ¿eh?, mira, yo no me enfado, comemos pan y embutido y no ha pasado nada, ¿quieres también unos huevos?, no, ya sabía yo que no ibas a tener hambre, nos conocemos demasiado, sí, claro, tú también me conoces demasiado, seguro que más que yo, pues mira, no eres tan lista como te crees, no he hecho la cama porque hoy no he entrado a la habitación y se me ha olvidado y no tengo la costumbre, algunos días la hago, pocos sí, pero muchos más que antes, y lo del fontanero es que siempre me lío con otra cosa, ¿dos semanas ya desde que te dije que lo avisaría?, pues mañana mismo sin falta le llamo, sé que no me crees, ¿a que no me crees?, lo que te decía yo, pero vas a ver cómo de mañana no pasa, ¿que ya lo has avisado tú?, ¿por qué has hecho eso?, ¿me quieres humillar?, últimamente cualquier cosa que hago o dejo de hacer no sólo la criticas sino que vas contra mí, Elia, ¿te he hecho algo sin darme cuenta?, ¿entonces por qué siempre estás en guardia conmigo?, ¿es que yo lo estoy contigo y no me doy cuenta y eso es lo que carga el ambiente?, ¿sí?, ¿de qué manera?, ¡joder, con el cuidado de la casa!, ¿no sabes decir otra cosa?, es como si no supieras qué quieres decir y siempre me machacas con lo de la limpieza, pues entre tú que eres lenta en ver las cosas claras y yo que las veo oscuras con la rapidez del rayo vamos apañados, porque aquí pasa algo, ¿o sólo son los roces y ajustes de la convivencia?, me pregunto a solas,

abuelo, ¿te acuerdas cuando te acompañé a Barcelona a ver a un tío tuyo que se estaba muriendo y se puso bueno?, no, tantos no, sólo tenía 6 años, fue verte y el pobre, que tenía cara de acelga de ésas que tumban, fue encontrándose mejor hasta que el médico, a regañadientes, porque era una ofensa viviente a su diagnóstico, tuvo que darle el alta, sí, claro que me acuerdo, yo tengo una memoria fotográfica, fotográfica es que me acuerdo de todos los detalles, seguro que de esto sí te acuerdas, ¿dónde fuimos nada más salir con tu tío?, ¿no lo recuerdas?, al Camp Nou, tu tío se empeñó en que ir a Barcelona, porque creo que nos volvíamos ya, sin visitar el campo de fútbol del mejor club del mundo era un crimen, a ti te daba lo mismo, lo tuyo siempre han sido los toros, pero para mí era como ir a la Luna ver aquellas gradas en que cabían 3 o 4 veces Elda entera y aquel museo repleto de copas y fotos en las que me veía al lado de Cruyff, sí, porque yo entonces era Neskens, ¡qué cañonazos chutaba desde el medio campo!, aún hoy se me pone la piel de gallina, fue un fuera de serie, ¿qué será ahora de su vida?, incluso en varias ocasiones he pensado en escribir a uno de esos programas de la tele que entrevistan a gente que fue famosa, no, son unos programas nuevos que no te dio tiempo a ver, ¿de que quería ser

Neskens sí te acuerdas?, ¡ah, sí!, me acuerdo, me acuerdo también de eso, que de eso también me acuerdo, sí, estaba todo el día entrenándome en el porche del campo y le rompía las macetas a la abuela, me levantaba, me lavaba como los gatos, sin peinarme me encasquetaba la gorra del Barcelona y a romper geranios, eso, eso, hasta que le compraste el huerto a Raimundo, sí, vive en Chinorlet y aún tiene la tienda donde el Enrique y yo robábamos chucherías, la abuela seguro que te dio un ultimátum, ultimátum es..., bueno, y a partir de entonces todos los santos días cogíamos la carretilla, las azadas y la comida, y nos bajábamos a cuidar nuestro huerto, teníamos calabacines, tomates, lechugas, patatas, nabos, de todo, y tú me preguntabas qué quería ser de mayor para que te dijera que igual que tú, y yo te decía, que Neskens pero que también plantaría tomates, cebollinos y calabacines, y tú, y alpicoces y patatas, sí, abuelo, y alpicoces y patatas también, ojalá ahora pudiera plantar alpicoces y patatas cada vez que no sé qué hacer conmigo mismo, ¿qué será de Neskens?, ¿qué será de mi vida?, abuelico, si me vieras ahora, ¡un parásito es lo que soy!, sin trabajo y sin ilusión de nada, pero eso sí sin que me falte la cerveza que me paga Elia, sé lo que piensas, abuelo, sabes que yo oigo tus pensamientos, así que dímelo a la cara, todo tuyo, viviendo de una mujer, como un chulo, no tienes cojones, Pedrín, tú tumbado a la bartola y ella bregando desde las 8 de la mañana, ya te lo decía yo, si estudiar no sirve pa na, abuelo, no me riñas más que me voy a poner a llorar,

¡qué seguro me siento aquí dentro!, en esta velocidad de palabras, aunque mi sinceridad me saque los ojos, me clave puñales en la espalda y no pare de pegarme patadas en los mismísimos, y es que lo de ahí afuera, vivir, da escalofríos, y a veces no sé si preguntarle a un policía dónde me encuentro y hacia a dónde tengo que tirar, para no enredar más la madeja últimamente le he dado la vuelta a mi táctica de toda la vida, que por cierto me ha dado muy malos resultados, y ahora hago las cosas y después las pienso, y oye, cuando me dejo hacerlo, las manchas, por arte de magia, se esfuman y la ropa me sale blanquísima, y eso que estaba lleno de la mierda de las innumerables veces que me cagué de miedo, es increíble, te dejas el doberman del cerebro en casa y eres capaz de fugarte de tu propia cárcel con tu compañero de celda, que luego resulta que eres tú mismo sin disfrazar, y sales a la calle hecho un hombre sin pasar por la mili y respiras con fuerza, con tanta fuerza que te duelen los pulmones, pero te gusta ese dolor seco que incluso marea, y eres tan pillo que no desearías dejar de estar aturdido nunca, así no podrás darte cuenta de que la hoja en blanco te reflejaba como realmente eres, te das por no enterado y pones las mejillas para que los que se te cruzan te den tortazos, pero ése no es el camino a seguir y no estás grillado, tranquilo, no sé si habéis notado que estoy hablándome a mí mismo, eso es lo que te pasa cuando viajas por primera vez al extranjero, nadie te entiende y tú tampoco los entiendes, pero no importa lo más mínimo, ante tal catarata de sensaciones nuevas no pienses en eso ahora, cuando se hagan viejas y se pudran ya buscarás un refugio para que no te arrastren, ahora es tiempo de cagalera, de cada dos por quince visitar al señor Roca, eso es lo que voy a hacer yo, ¿notáis que sigo hablándome?, pero no parapetándome tras una torre de marfil, sino, para verme mejor, subiendo y bajando de esta atalaya,

Elia, hoy he llamado a Vicente y lo he notado un poco bajo de moral, mañana iré a verlo, Vicente, ¿te pasa algo?, sí, ya sé que todo es una mierda desde que has vuelto de Valencia, pero anímate, tío, también era extraño que parecía que no te pasara nada, me dije, a lo mejor lo ha digerido bien, aunque pensaba que volver a depender del dulce hogar familiar como si se fuera otra vez un mañaco, no sienta nada bien, sin embargo, es lo que hay hasta que se dé otra nueva oportunidad, ¿no?, ésa es la pregunta, ¿cuándo?, mientras es la respuesta, así que tú mismo sabes que, aunque estar separado de Chus joda lo suyo, tienes que desconectar de Valencia, ya sé que es muy fácil decirlo, pero no sé otra manera de espantar el plomo que te hunde,

no te creas que he venido aposta, he tenido que venir por otra cosa y de paso me he acercado, pero lo que te dije va muy en serio, ya que vosotros no podéis arreglar lo que pasa ni yo tampoco, hasta que no vayáis a un psicólogo no vuelvo ni os llamo, así que ya lo sabes, cuando lo decidáis me pasáis recado a través de Elia y yo vengo a acompañaros y a decir todo lo que haya que decir, ¿y mi padre?, claro, no me acordaba, hasta que no sea la hora de salir de las fábricas no viene por no sentirse un gandul, no, pero si a él no le pasa nada, todo son imaginaciones de los demás, él está bien sin trabajar, mamá, me voy, no puedo con esta cárcel,

ahí viene por fin la cartera, ¿me traerá alguna carta de amor?, no toca el timbre, capulla, ¿por qué no tocas el timbre y me rescatas?, toda la mañana haciendo tiempo y ahora no tocas, aunque a lo mejor estaba abierta la puerta de abajo, claro, eso debe de ser, porque hoy, precisamente hoy, no me puedes fallar, necesito urgente unas palabras de los que me quieren para rellenar este hueco que se me está haciendo en el pecho y los médicos no sabrían diagnosticar ni con microscopio, por eso bajo la escalera con un miedo atroz de que alguien se me cuele por él y tenga que estrangularlo sin ni siquiera odio, es imposible que no haya nada en el

buzón, ¿y ahora qué voy a hacer sin sentimientos?, sí, sólo eso me puede salvar, ¿dónde estaba?, ¡ah, sí, en el cajón de la cómoda!,
aquí está, no hay nada como la caricatura
que me hizo el Mesca cuando Vicente y yo
fuimos a visitarlo a Madrid para reírme de
mí mismo, es que soy idéntico, ¿eh?, el cabrón me ha cogido el punto justo,

Elia sube la escalera y, antes de que abra la
puerta, tengo que meter toda la mierda que
hay dentro de mí en un rincón de mi soledad, que me dé tiempo o no soportaré que
como todas las noches se duerma en mi
hombro viendo la tele y la odie al preguntar-
me cómo acaba la película y la confunda con
la de ayer, entonces no tendré más remedio
que cortarle las manos para que no me ponga más nervioso con sus tamborileos y extir-
parle la campanilla para no oír su risa chillo-
na, menos mal que no habla con parsimonia
infinita que si no con una leve insinuación
bastaría para sacarme de mis casillas y agobiarla de un solo disparo, me empezaría a
salir toda la mierda por la boca y ya no podría parar, que no ocurra esto, que me dé

tiempo a que sólo le dé algunas inofensivas punzadas, ahí está, creo que me ha dado tiempo, ¡hola Elia!, ¿qué tal?, nada, acabo de hacer la cena, y tú, veo que nada más llegar ya estás tocando el tambor, no, no quiero ir a tomar una copa, no, tampoco ir a pasear, y a la fiesta de tus amigos de la tienda tampoco iré el sábado,

Elia, ¿quieres que te hable de los que han venido por el alquiler o no?, es que no me escuchas, el primero ha tocado nada más irte, claro, me ha pillado en la cama, creía que eras tú que se te había olvidado algo, y abro y ahí me lo encuentro, un hombre cuarentón bastante canoso que me daba la mano demasiado tímidamente, pues nada, yo todo esto en pijama pero como si llevara chaqué, claro, de algo me ha tenido que servir ver a mi abuelo cómo vendía pisos, y esto es el comedor, y esto uno de los aseos, la ducha y el bidé están en el otro, ¿y la necesitaría ya?, sí, claro, es que ya hay dos que han visto la habitación y les gusta, lo que pasa es que nosotros queremos ver a más gente, ¿rollero?, hay que hacerse el solicitado si no, no se preocupe, ahora se la enseño, primero ve cómo es la casa y luego le enseño la habitación que alquilamos, esto es la cocina, grande, ¿eh?, es que el piso es muy grande y tiene mucha luz, mucha, sí, lo que alquilamos es la habitación, ésta de aquí, los muebles se los tendría que traer usted, y también entra el derecho de utilización de todo lo de la casa, el frigorífico, la cocina, la lavadora, todo eso, ¿cuánto?, pues 20.000 más los gastos a partes iguales, me he pasado, ¿no, Elia?, ya sé que no estamos en la capital, pero como tenía pinta de no meterse en un piso con 4 o 5, de querer vivir sólo y no poder, y con nosotros no sería vivir solo pero se le parecería, ése no vuelve, y la segunda sí que no vuelve, porque no la dejo entrar yo, llega y empiezo a enseñarle la casa y antes de ver incluso la habitación me pregunta por el precio, yo, con sentimiento de culpa por haberme pasado con el anterior, le digo que 15.000, y la señorita Rotermeier se da la vuelta y se va cerrando la puerta ante mis propias narices, verlo para creerlo, ¡menudo sargento!, ésa se queda y nos amarga la existencia, quita, quita, estamos apurados pero no para tanto, ¿sí?, ¿por qué?, ¿que te han bajado el sueldo?, ¿a 70.000?, pero si la mitad se la va a llevar el alquiler, ¡cabrones!, ¿y eso que te lo han bajado?, claro que la situación es mala, claro que las cosas van mal, pero para nosotros, no para ellos, tenemos que encontrar a alguien pronto y yo me buscaré trabajo de camata, descargando, de lo que sea, esto no va a ser siempre así, ¿a que esto no va a seguir siendo siempre así, Elia?,

Tigretón está estirado todo lo largo que es sobre la alfombra, despreocupadamente, el maricón sólo se mueve para corregir la posición y no estar ni un instante sin que le dé un tibio sol, acabo de tender la ropa que se aburría en la lavadora desde hace dos días y me he helado, no es un frío seco sino del que te cala los huesos, ¡qué bien estaría ahora enchufarse a una chimenea!, abuelo, ¿me escuchas?, que digo que si te acuerdas de cuando hacías palomitas de maíz en la chimenea, creo que Elia compró el otro día, sí, ¡qué buenas!, pero, ¡alto ahí!, me pregunto a mí mismo, ¿palomitas a la hora del desayuno?, este día ya empieza torcido, hoy no daré pie con bola, hoy también me tendría que haber quedado durmiendo hasta la una, abuelo, tantos días por atrás y por delante sin hacer nada al final se te va la olla, desde las oposiciones, olla es la cabeza, por lo menos cuando estudiaba me podía olvidar un rato largo de que estaba existiendo, aunque parece que tanto que desaparecí de las listas, entonces yo les dije, pero si soy yo, Pedro, el nieto del tío José, mi padre fue zapatero toda su vida y ahora cobra la irrisoria jubilación anticipada, y mi madre fue modista de trajes de novia y ahora está hecha polvo de los huesos y creo que va a hacer un chanchullo de como que trabaja sin en realidad trabajar para que le den la baja, y, soy yo, sí, el de antes, como los 80.000 restantes opositores llevaba dos años esperando que se descongelaran las oposiciones, y a esto no hay derecho, yo sólo quería presentarme y suspender, presentarme y que me saliera la bolita de la poesía de posguerra y no sacarme el 13,5 al que sí llegarían y de sobra los interinos, no pido demasiado, creo, por lo menos que nos informaran que si estabas cuatro meses estudiando a muerte y no podías llegar al acto de presentación porque se le había acabado la batería del coche de Elia, por lo menos que nos informaran, digo yo, de que no era un ser humano, y oigan, yo quiero crecer, quiero tener mi oportunidad, tengo mis años ya y me cago en Peter Pan, y ahora no me vengáis vosotros también a joderme, Vicente, aquí están, ¿que quiénes son?, los de los jurados de concursos y los de las editoriales, nada que vienen jodiendo con lo de la dichosa generación X, no te dije que éstos ven humo y creen que todos somos indios, sí, ¿qué pasa?, veía a Fofó y mi primo Enrique tenía un cine Exin, pero hace muchos años de esos pecados y la culpa no fue tan grande como para seguir pagando por ella, de verdad, estoy arrepentido de ser un crío cuando murió Franco, aunque no me acuerde, aunque el 20 de octubre de 1994 todo me suene a márketing pringoso, yo lo único que sé es que estoy tan jodido como mi amigo Vicente y mi amigo Mesca, el que está en Madrid, y que la única salida que nos queda es agarrarnos a los huevos de la imaginación, ¿y esto cómo se hace?, ni puta idea, pero es una frase que da fuerzas y te hace soñar, algo que cuesta bastante en estos tiempos en que hay que tener más moral que el Alcoyano, que perdía 12-0 y en el último minuto aún pedía prórroga, cuando metes las monedas por la ranura, marcas los números y al séptimo pitido cuelgas para que te devuelva el dinero y no te hace caso y se las traga, ¿qué hacer?, cuando aprietas a todos los botones, incluso los que no sabes para qué son, y no te tiene respeto, me pregunto qué hay que hacer, cuando el gilipollas de turno te da el golpecito donde más te duele al minuto de entrar a que te atraquen y además te estás meando, me pregunto sólo por saberlo qué hay que hacer, cuando te has quedado sin los últimos duros y te mueres de sed por una voz conocida y en una semana ya te ha pasado por lo menos tres veces, me pregunto por decírselo a mi amigo Vicente que seguro que le interesa qué hay que hacer, me respondo lo que hay que hacer, esperar pacientemente que llegue la noche, reventar el teléfono y robarle al ladrón, Vicente, esto es lo que hay que hacer cuando no puedes llamar a Chus a Valencia, por cierto, ¿has encontrado ya curro?,

no hemos ido a la fiesta de la tienda y acabamos de llegar y Elia ya está en medio de la pista de baile buceando dentro de la música, yo ya no existo ni los demás ni siquiera esta discoteca, está bailando en el fondo del mar y sólo sube esporádicamente a respirar mi mirada, a la que tiene hipnotizada con sus serpenteantes movimientos de caderas y ese pasito que siempre da hacia adelante, los demás están ahogados en su ceguera, lo noto en su acartonada forma de imitarse unos a otros, y no se dan cuenta, ni los tiburones que la acechan, de que Elia está contando lo que está viendo allá en las profundidades, sólo yo, y quitándome las telarañas, puedo hacerme una idea de orilla de que esta canción facilona por ahí dentro es una corriente que se parece a una electricidad verde pero que no es, que se parece a un dolor de parto pero no es, que se parece al semen hecho añicos pero que tampoco es, y es que ha llegado un momento en que ni yo mismo, incluso sin telarañas, he podido traducirlo, ha sido cuando se ha metido tan hondo que la discoteca se ha convertido en una playa atestada de bakalaeros, y he tenido tanto miedo de perderme que me he bebido varios vasos de vodka con naranja y, sin saber nadar, me he abierto paso hacia la pista hasta encontrarla, y torpe le he intentado seguir el ritmo debajo del agua, y no lo he conseguido, mamá, me da mucho miedo que alguna vez te estés muriendo y no me lo crea, hago un esfuerzo por distinguir un simple catarro de tu insuficiencia coronaria, de tu hernia de hiato o de lo que te pasa en las tiroides, que no sé cómo se llama, pero es difícil, toda la vida acostumbrado a tu infinita queja acompañada de tu vocecita de víctima confunde a cualquiera, por eso no te tomes a mal que me parta de risa cuando te dé otro de tus mareos y, después de pegarte el batacazo, sigas barriendo con tu escoba de mártir y tu descalcificación de huesos, cariñosamente, será mi manera de decirte que te quiero,

¿por esa esquina no viene nadie?, pues por ésta tampoco, pero, Vicente, ¿y si nos descubren?, a lo mejor alguien está detrás de una de esas ventanas y nos va a ver, sí, lo mejor será hacerlo ya para no pensarlo más, ¿me subo yo arriba?, venga, empuja tú también desde abajo, que yo solo no puedo, ¿te acuerdas ya qué recuerdo es, Vicente?, claro, ¿cuál va a ser?, el del loro Manolo, pues aquí está en el comedor, ya sabes que cuando tengas casa en Valencia o donde sea es tuyo, lo que no me explico aún es cómo pudimos pasar inadvertidos con un ninot de dos metros de altura desde la falla de las Torres de Serrano a tu casa, que está en la otra punta de Valencia, ¿sabes que este año quitaron a Roldán y al final los pillaron?, imagínate que nos hubieran atrapado a nosotros, aún estoy por cantar, por lo menos tendríamos el minuto para ser famosos que dice Warhol, ¿es sólo un minuto?,

abuelo, ¿tú sabes lo que es nazi?, sí, los de Hitler que iban contra los rojos, sí, ya sé que en la guerra recogías a los muertos y los heridos con la mula y que tu sargento, que era de Albacete, os regalaba botas de vino para que no tuvierais frío, abuelo, no seas pesado, no te cabrees, pero es que me lo has contado millones de veces, ¿vale?, pues lo que te quería decir es que los nazis ahora se llaman serbios, sí, son los de esa guerra de la tele, pues aunque no te lo creas aún siguen haciendo lo

que quieren, mientras en los foros interna-
cionales, es decir, EE.UU., se debate si los
ángeles tienen alas y si los buenos buenos
vuelan con alas naturales, y los buenos regu-
lares también con alas pero de plástico y
sólo los fines de semana y los no tan buenos,
modernos ellos, van en avión o en tanques y
tiran bombas indiscriminadamente, violan,
torturan y matan sin piedad, los serbios tiran bombas indiscriminadamente, violan,
torturan y matan sin piedad, y es que no se
aclaran, porque diplomáticamente todos tienen padre y madre y hay que dejar que cada
uno resuelva sus asuntos domésticos, aunque una de las partes tenga la aplastante superioridad de fuerza que tuvo mi tío Paco
cuando abusó de mi madre de pequeña,
¿que qué digo?, ¿cómo podía acabar mi madre con su acoso?, ¿quién la iba a creer?, ¿tú,
abuelo?, sí, disimula todavía ahora que no lo
sabías, ¿y a los musulmanes de Bosnia quién
los cree?, ¿por qué no se les ha dejado tener
ni la dignidad de defenderse?, ¿por qué mi
madre no puede ni siquiera después de tantos años tener la dignidad de defenderse?, si
cuando vaya a Elda veo a mi tío Paco por la
calle, en tu entierro porque aún no lo sabía,
pero si lo veo por la calle, él tan presidente

de la falla de su barrio, y si veo un atisbo de vicio en su mirada, soy capaz de desmontarle de un plumazo, sí, a estas alturas, toda su vida impecablemente planchada, lo jodo, ¡eh!, no, no le pegaría, pregonaría lo que hizo y al final el cabrón se derrumbaría y lo reconocería, no te pongas a llorar, que lo digo pero no lo haría, no sería capaz de entrar en plan justiciero metralleta en mano en Belgrado y cargarme a todo bicho viviente que tuviera escrito en la frente, soy serbio aunque mi mujer es croata y su hija del anterior matrimonio tiene un novio musulmán y además estoy en contra del genocidio, aquí y ahora puedo frenar que paguen justos por pecadores, pero en el entonces flagrante no, flagrante es coger a alguien con las manos en la masa, le habría arrancado a mordiscos el pito y después..., ¿después qué?, soy tan gilipollas que hasta me da pena, pero es un criminal de guerra y como tal hay que juzgarlo, abuelo, no te puedes lavar las manos, tú eres Milosevic y mi tío Paco Karadzic, Milosevic, ¿por qué has tratado siempre a mi madre como a un trapo?, nunca la habéis querido y ella, pese a que no ha dejado de lameros el culo ni siquiera ahora con 50 años, se siente culpable de ver pasar una mosca, ha sido la Cenicienta que se moría de envidia y de cariño, y vosotros lo sabíais y como lapas le sorbíais y sorbéis los sesos, sois unos asesinos hijos de puta que vais diciendo por ahí, sí, la abuela y la tía Reme, pero sobre todo ese ninot de Unión Valenciana que tienes como hijo, diciendo que cuando caíste enfermo mi madre se desvivió por ti porque quería que cambiaras el testamento y nos dejaras toda la herencia, ¡sabandijas!, se creen que todos piensan como ellos, y mi madre si se tomó tan a pecho tu enfermedad, que incluso la somatizó, somatizó es que le empezó a doler lo mismo que a ti, fue porque te quería tanto como ella buscaba inútilmente que la quisierais, sí, sé que tú eres el que, a pesar de todo, más la has querido, y, aparte, como no se lo iba a tomar a pecho si los pánfilos de tus hijos se mareaban nada más entrar al hospital y alguien tenía que dar la cara, tranquilo, abuelo, que cuando acabe la guerra Milosevic y Karadzic no van a acabar con sus huesos en la cárcel, estos tipejos se van a salvar del proceso de Nuremberg, me van a joder vivo, dentro de poco tiempo seguro que me van a llamar para lo de la objeción, y me voy a cagar en sus muertos porque me están poniendo entre la espada y la pared, no me sale un puto curro ni me toca la lotería de los concursos, que a lo mejor están vendidos o el jurado tiene telarañas mentales, pero a lo mejor, Vicente, es que somos mediocres y no valemos, a lo mejor es que somos del montón, aunque, ¡coño!, yo sé que valgo, pero no es lo mismo saberlo, sentir cómo te bullen situaciones o personajes en el coco, ¡qué borrachera!, a serlo, quizá para serlo haya que aceptar desde el principio que nada te van a dar por tu cara bonita, que hay que hincar los codos, Vicente, el Espíritu Santo no existe, lo que sí hay es mucha gente igual que nosotros, pero dándole caña sin creer estancada que una conspiración tardomasónica le hace la vida imposible, hay que ser humilde, lo que pasa es que hay que tener cojones para serlo, abuelo, que no te estoy hablando a ti, estás más sordo que una tapia, me dirijo a Vicente cuando me atreva a decírselo, por ahora estoy hablando conmigo en voz alta, de mis cosas, que de mis cosas, ahora déjame, que voy a seguir hablándome, no quiero ni oírlo pero voy a tener que volver a Elda, no puedo estar viviendo de Elia los 13 meses de la objeción, si por lo menos fuera de media jornada, pero no lo sé y no puedo jugármela, sin embargo, desertar de Alcoy es un crimen contra la Constitución y contra la Declaración de los Derechos Humanos, y tampoco voy a estar, cada vez que la necesidad apriete, volviendo a casa de mis papaítos con varios kilos de menos, pero ¿qué me estoy diciendo?, si Elia y yo estamos apostando a vivir juntos como pareja, tiene razón cuando se cabrea conmigo, tengo que apechugar con lo que venga y no tener sentado en el banquillo de reserva a aquel nido de serpientes, su nene es mayorcito para levantarse mañana a las siete de la mañana y patearse todos los bares y todas las academias de recuperación, o si no para poner carteles de clases particulares y todos los anuncios que sea posible de se ofrece para lo que sea, y dejarse ya de esperar de que se lo den todo mascado y triturado por sólo buscar en los periódicos, y sobre todo, de que se le escape la fuerza por la boca,

el que hace de taxista en La ardilla roja, el que
era el marido de María Barranco, no es Karra
Elejalde sino otro mayor, que no sé cómo se
llama pero es un poco calvo y con canas, ¿dónde has dicho que va a ser la cena, Vicente?,

¿dónde vas a ir así, Elia?, anda, acuéstate, si
estás que te caes, seguro que tienes fiebre,
que le den por el culo al trabajo, ¿y el termómetro?, en la caja de los medicamentos no
está, sí, miraré en el mueble del comedor, estaba con la plancha, buen sitio, a ver, ¿dónde
te lo pones?, ¿en la boca?, no quieres que sea
yo el que te lo ponga en la ingle, me han dicho que ahí sube la temperatura muy depri-
sa, incluso a veces estalla, ¡eh!, que me matas a estornudos, ¡menudo constipado has
cogido!, ¿te hago un vaso de leche caliente?,
no, naranjas no hay, después bajo a comprar, pero ahora tómate un vaso de leche,
bueno, tampoco te pongas así que de tanto
decir no con la cabeza te vas a descoyuntar,
a ver si tienes fiebre, ¿cómo se mira esto?,
como es mi madre la que siempre lo ha mi-
rado, ¿qué raya?, hay un montón, no, no, espera, ¡ah, ésta debe de ser! pues tienes 38,2,

tía, eso es un buen puñado de fiebre, voy a ir a la farmacia a por algo porque en la caja de medicamentos sólo quedan aspirinas y una cosa para el dolor de barriga, ¿o quieres que llame al médico de urgencia?, vale, pues primero voy a la farmacia y con lo que me digan allí y cómo te encuentres al volver ya veremos qué hacemos, ¡hasta luego!, y no te vayas de discoteca, ¿eh?, ¡hola, buenos días!, quería que me aconsejara qué hay para un constipado fuerte, con 38,2 de temperatura, no, no es para mí, es para mi novia, sí, está en la cama, se llama Elia, sí, un nombre muy bonito, pues nos conocemos hace dos años más o menos, pero viviendo juntos estamos medio año, sí, muy bien, estoy muy enamorado, ¿preservativos?, pues, mujer, si me los regala, ¡gracias!, ¿y para lo del constipado qué?, que la pobre ha pasado una noche, no ha parado de dar vueltas y de hablar en sueños, una vez he podido descifrar lo que decía, Pedro, no me dejes nunca que el hombre del saco que tiene tu cara me quiere llevar, cógeme fuerte de la cintura para que nunca me haga daño y dile que se vaya o le pegarás, pero antes quítale tu cara y póntela tú, así no me asustarás con la cara del hombre del saco y no te dejaré nunca, o eso es lo que he

71

entendido yo, ¿usted cree que esto significa algo malo?, ¿no será que tengo la cara del hombre del saco porque cuando me pregunta qué hago por las mañanas no le digo que me levanto al mediodía?, ¿y no será que sabe antes que yo que una mentira lleva a otra más gorda y ésta a otra más gorda, así hasta que hay una explosión y no se puede sostener tanto daño?, sí, lo sé, pero ¿cómo quiere que la deje de engañar si no lo hago primero conmigo mismo?, sí, será sólo eso, miedo escénico, ¿entonces usted cree que es tanto como para llamar al médico de urgencia?, ¿depende de qué?, no, si yo me estoy dando cuenta y además ya estoy convencido de que sólo con estas pastillas que me da bastará, ¿cuánto es?, aquí tiene, ¡adiós y gracias por todo?, pequeñaja, ¿cómo estás?, ya veo que bien acompañada por tu gato, la farmacéutica me ha dicho que te tomes uno de éstos y te curarás, ¿como que qué es?, un preservativo,

¡hijo de puta!, ¿quién crees que soy, capullo?, frío, frío, no, frío, ¡coño!, que soy Pedro, ¿qué, has ganado medio kilo con un corto? ¡qué alegría me ha dado al decírmelo Vicente!, pero ¿dónde ha sido?, ¡ah!, creíamos que había sido en lo de Cinema Jove, es verdad que eso es en julio o por ahí, pero ¿no te habían seleccionado?, ya, al final nada, pues te veo imparable, ¿qué estás haciendo ahora?, ¿y éste de qué va?, sí, por teléfono es un rollo, escríbeme, ¿yo?, martirizándome con una novela, ya veremos, a veces es buenísima y otras una basura, según me empalme o no, envíame el vídeo del corto con el que has ganado, aún estás de camarero en aquella pizzería los fines de semana, ¿no?, ¿y la carrera de galgos?, pues nada, esas dos las sacas en la convocatoria de febrero y ya está, ¿entonces es verdad que te vienes para Elda?, ¿cuándo?, ¿y eso a principios de abril?, ¿es que tienes contrato?, no lo sabía, ¡eh!, no tengo más pelas, cuando me lo dijo Vicente no me lo creía, después de estar acostumbrado a vivir ahí, ¿en Elda no te vas a ahogar?, sí, debe reventarle a uno trabajar, estudiar y aparte lo del cine, Mesca, una cosa que...,

¡buenos días!, que venía por si necesitaba a algún camarero, ¿no?, vale, ¡buenos días!, que venía por si necesitaba algún camarero,

¿no?, vale, ¡buenos días!, que venía por si necesitaba a algún camarero, ¿no?, vale, ¡buenos días!, que venía por si necesitaba a algún..., ¡ah, no!, perdone, venía por lo del anuncio, ¿por este pasillo?, ¡buenos días!, venía por lo del anuncio, sí, claro que tengo ganas de trabajar, por eso estoy aquí, sí, tengo BUP, de hecho soy licenciado en Filología Hispánica, sí, me gusta hablar con la gente, ¿a qué llama que me tendría que vestir más formal?, bueno, antes dígame de qué tipo de trabajo se trata, ¿vender?, el otro día llamé por teléfono y usted u otra persona me dijo que no tenía nada que ver con ventas, no me gusta que me engañen, ¡adiós!, ¡buenos días!, que venía por si necesitaba a algún camarero, ¿no?, vale, ¡buenos días!, que venía por si necesitaba a algún camarero, ¿no?, vale, ¡hola!, no, no quiero fotocopias, sólo quería saber si podría poner este cartel de dar clases en el tablón, ¡gracias!, ¡buenos días!, que venía por si necesitaba a un camarero, ¿no?, vale, oye, esto es el instituto, ¿no?, ¿y el conserje?, ¡gracias!, ¡buenos días!, podría hacerme el favor de dejarme poner este cartel de dar clases en el tablón, ¿no me abre el encristalado?, ¡ah, que ya lo pondrá usted!, ¡vale, gracias!, este cabrón no lo va a poner, ¡buenos días!, que venía por si necesitaba a algún camarero, ¿no?, vale, ¿y ahora dónde?, ¡buenos días!, vale, ¿no?, vale, ¡buenos días!, ¿no?, vale, vale, ¡buenos días!, no vale,

Vicente, el chico al que le hemos alquilado la habitación, Sergio, es de Mérida aunque no ha parado de moverse por España y por el extranjero, y dice que el primer día que llegó a Alcoy, es profesor de dibujo gráfico en la Escuela de Artes y Oficios con sólo dos años más que nosotros, dice que eran las diez de la noche y al llamar a su madre para decirle que había llegado bien le preguntó si habían tirado la bomba H también allí, su madre no le entendió pero yo sí, y es que a partir de las nueve esto se convierte en un pueblo fantasma sin un mísero bar donde caerte muerto, bueno, hace dos años cuando llegó Sergio, ahora hay dos, pero uno de los de punta en blanco y otro de marujeo de barrio, Vicente, Alcoy es un muermo, cualquier actividad es un acontecimiento histórico, incluso el cine que ponían los viernes en la Casa de Cultura este año se ha atascado en Buster Keaton, y si te esperas a ver una película decente en los únicos dos cines que hay lo mismo te cuelan El último cuplé como estreno mundial, así que no queda más remedio que irte a Alicante o Valencia, y, ¡coño!, si no tienes ni un duro ponte a pagar gasolina, el cine, un bocata y una cerveza, lo que ocurre en esta ciudad es de ciencia-ficción o de terror, los alcoyanos, como honrados zombis que son, dejan que los días lectivos sea la plaga de estudiantes foráneos de Artes y Oficios la que infecte las calles con su alegría multicolor, para los fines de semana, cuando éstos ya se han ido a que su madre les diga que tienen ojeras, salir en serie de sus tumbas, los tíos con la polla en la boca y las tías tan enjoyadas que parecen las reinas de su escalera, todos en serie menos los modernos, que son modernos porque visten tan petardos como Madonna y son modernos, porque la bobería de los demás les hace creer lo que ellos solitos ya se creen de sobra, que son los reyes del bakalao y son modernos, Vicente, ¡menudo rebaño de pueblerinos son todos!, al loro, en la fiesta de Moros y Cristianos los chochos y las pollas de las parejas se divierten por separado para que las pollas puedan ir detrás de otros chochos que tienen que dejarse encontrar, y otra cosa, en los desfiles las mujeres sólo pueden salir de jarrón de porcelana, y son de beatos, cuando Elia y yo empezamos a buscar pisos, después de hacer la maratón, encontramos uno pequeño y que estaba bien de pelas, y con luz que es el gran rollo aquí, pues bien, créete lo que te voy a decir, ¿eh?, la dueña quería hablar con la madre de Elia, y Elia al final se puso..., Elia le decía, si quiere yo le enseño la nómina o el dinero de la cartilla y usted se queda tranquila, la Beatorra, es que en mi casa no entra cualquiera, aquí vino una chica muy maja, trabajaba en una tienda de ropa de ahí arriba, y trajo a su novio, y, claro, el chico no tenía trabajo, y eso no importa porque las cosas están muy mal, pero es que era chino, y eso en mi casa yo no lo puedo permitir, Yo, señora, que sólo queremos alquilar el piso y no vamos a recoger a los 1.200 millones de chinos que ha desterrado a China, la Beatorra, dame el teléfono de tu trabajo y llamo, claro, porque sin referencias, Elia, si quiere me hago coletas y me pongo un babero, aunque sabe lo que le digo, que ya está bien de aguantarla, métase el piso donde le quepa, así fue, como te lo cuento, esto es una aldea, las montañas que rodean a Alcoy lo aíslan y lo convierten en una lata de sardinas, ¿has tomado nota?, lo digo, para que no te quejes más de que Elda es un pueblucho de mierda que pareces un disco rayado, allí hay más vida, pasa más aire y hay peña de toda clase, pero, ¡coño!, no da más de sí, podría tener más mundillo, sí, pero no es Valencia, es un pueblo, mi pueblo, donde conozco a la gente de vista y me sé más o menos en qué calle me encuentro, donde me siento como Pedro por su casa, no hace falta echar mierda sobre algo para idealizar otra cosa, Elda es un pueblo comparado con Valencia, y Valencia con Barcelona, y Barcelona con Nueva York, cada sitio tiene sus síes y sus noes, y si te pica el gusanillo pues adelante, porque una ciudad grande es una maravillosa odisea, pero sin mirar atrás con ira, si me entra la vena de ser Indiana Jones iré en busca del arca perdida adonde sea, aunque a lo mejor la mía está en una ciudad pequeña en la que no me sienta un extraño como en las grandes, sobre todo en Madrid cuando fuimos a ver a Mesca, ¡qué espectáculo de paisaje en el metro y qué acojono!, no me digas que no es por habitual menos tremendo lo que pasa allí, Mesca después de vivir un año sólo conocía su casa, el bar de abajo y su facultad, y sí, sé que es exagerado, pero viene al pelo para simbolizar lo que quiero decir, que las ciudades grandes te deshumanizan, sus habitantes se convierten en ratas, si hasta desprenden un hedor gris de alcantarilla, sí, aunque las pequeñas quizá te aborreguen, lo ideal para mí sería una simbiosis de las dos, y Elda, con sus 60.000 habitantes, por cierto, 20.000 menos que Alcoy, y con todas sus carencias garrafales, se acerca a ser una pequeña gran ciudad, eso sí, si yo hubiera tenido que convertirme en rata y desprender ese hedor gris de alcantarilla, sí, y dejar de ser provinciano también, por el trabajo que le ofrecieron a Elia en Madrid, me hubiera ido con ella sin pensar en nada de lo anterior, porque siempre he dicho, aunque parece un eslogan no lo es, que me importa menos el lugar que el acompañante, sobre todo sus bienes gananciales, y más si como Elia tampoco dudaría ni un segundo en dejarlo todo y venirse conmigo y con su Peugeot al fin del mundo, Alcoy no es el fin del mundo, sino, creo, una posada en el camino, la ciudad es muy bonita, el centro con sus calles empinadas, sus puentes, en la primavera pasada nevó mucho y parecía un pueblecito de los Pirineos, ¿visteis las fotos que hicimos?, a ver si antes de que acabe noviembre vienes, y Chus también, que hace tiempo que no nos hacemos una paella en la Font Rotja, ésa es la maravilla de Alcoy, la naturaleza que la rodea, los bosques de pino, incluso hay jabalíes y gatos salvajes, los lagos con cascadas, ¿te acuerdas de El Molinar?, tu hermano con lo fría que está el agua se tiraba de cabeza y luego me decía, yo saltar alto, ahora tú, amigo Pedro, ¡joder!, ¿de dónde ha venido esta nostalgia?, será que me entra morriña y echo de menos tomarnos unas cervezas en El Paso, tú, en cambio, estarás harto del Antoñín, nada, Vicente, lo dicho, que aquí estoy bien, soy feliz, creo que es la segunda o tercera vez que lo digo, será para creérmelo, que esta tranquilidad y monotonía me vienen que ni pintadas para escribir mis cosas, lo de fuera es lo que no arranca por ahora, sí, el puto curro, pero..., ¡ah!, que se me olvidaba decirte lo que más me gusta de Alcoy, lo que más me gusta es la cantidad de deformes y enfermos mentales que hay, pero cantidad, yo creo que se bate el récord del mundo de tarados por metro cuadrado, enanos casi gnomos, gente con la cabeza apepinada, la familia Monster Pérez, un colgado que anda como un robot, gibosos, la loca del pan duro, es una vieja que vive con mogollón de conejos y va por las casas pidiendo pan duro, un chaval que es literalmente una bolita de carne que va en un patinete sin manillar, mancos, parapléjicos..., con ellos me siento en familia, porque ¿quién no se ha sentido alguna vez en su vida Frankenstein?, sé que tú muchas, yo también,

¡buenos días!, que venía a ver si necesitaba a algún camarero, ¿no?, vale, ¡hola!, esto es la academia, ¿no?, ¡hola!, ¿qué tal?, que no sé si necesitáis a algún profesor, yo podría dar de EGB y de ESO de lo que fuera, y de BUP y universidad Lengua, Literatura y Latín, claro, sí, casi todos son de Matemáticas e Inglés, sí, de Lengua siempre hay pocos, ¿tú les das?, ¡ah!, ¿que has hecho Filología?, ¿dónde, en Alicante?, ¿sí?, pues tu cara no me suena, ¿mis profesores?, el más malo de todos, pero sobre toda la faz de la Tierra, fue Enrique Rubio, claro, de Hispánicas, ¡ah!, que tú eres de Inglesa, pero como has dicho que dabas clases de Lengua y Latín, sí, para BUP con cuatro nociones claras basta, bueno, me voy en busca de otras academias, sí, eso es lo que voy a necesitar, suerte, ¡hola!, nada, que soy profesor de Lengua y Literatura, y también podría dar Latín, y buscaba trabajo, ¿no?, de EGB y de ESO podría dar de lo que fuera, ¿tampoco?, pues vale, ¡adiós!, ¡buenos días!, que venía por si necesitaba a algún camarero, ¿no?, vale, ¿academia Sancho?, mire, que venía por si necesitaban a algún profesor, ¿no?, ¿de nada?, pues hasta luego, ¡hola!, ¿necesitáis más profesores?, Pedro, ya, ya, ya, ya, ya, ya, pues sí, en un futuro ya veremos, ya, ya, ya, ya, bueno, me tengo que ir, ¡adiós!, ¡menudo rollero!, 555 46 10, sí, ¿está el señor Javier?, ¡hola!, me dijo mi novia que había llamado a su trabajo preguntando por mí, sí, sí, sí, pero ¿de qué se trata?, ¿de dar clases?, ¿cómo?, es que no le oigo muy bien, ¡ah!, que has visto mi cartel en la copistería, el cabrón del conserje seguro que no lo ha puesto, nada, no decía nada, pero ¿clases de qué?, no, si lo que estoy es buscando, entiéndame usted, si no tengo a nadie todavía cómo voy a alquilar una clase de su academia o lo que sea, sí, sí, pero aunque tenga pupitres y pizarra, entonces le pagaría el 0% por alumno porque no tengo ninguno que llevar, mire, esto se corta, gracias pero no me interesa,

¡adiós!, 552 37 13, ¿El Gratis?, sí, quería poner un anuncio, ¿de dar clases?, ¿1.000 ptas.?, ¿no son gratuitos?, pues hace poco llamé para poner uno de alquiler y fue gratis, ¿qué beneficios?, si es para dar clases en casa no en una academia, mira, yo es que no soy de aquí y ando un poco despistado, ya, pero es que si este periódico es un servicio público no deberíais cobrar, además vivís de la publicidad, ¿no?, eso sí, entiendo que lo hagáis con las academias, ya, entonces no lo llaméis El Gratis sólo porque no le cuesta nada al comprador, siguiendo esa filosofía tampoco debería gastarse ni un duro el que, como yo, quiere poner un mísero anuncio, es que no sé dónde acudir y vosotros sois una tabla de salvación, pero ¿qué hago yo contándote mi vida?, ¡adiós y gracias por todo!,

¿quién?, ¿Sergio?, no, no está, ¿quieres que le diga algo?, ¿no?, ¡adiós!, ¿cenamos?, Elia, ¿dónde estás?, ¿y qué haces en el aseo?, ¿ahora te estás depilando?, pues yo tengo un hambre que me muero, vale, pero, sólo esa pierna, es que hoy he comido muy tempra-

no, no sé, me ha dado por ahí, no, no te buscaban a ti, era una chica preguntando por
Sergio, sí, una chica, ¿qué pasa?, no sé cómo
era, ¿sí?, no me creo que lo vieras besando a
una chica, pero si tiene una pluma que se le
ve a un kilómetro, ¡mujer!, no es descarado,
pero hasta un ciego se daría cuenta enseguida de que entiende, sí, a lo mejor intenta
ocultarlo al hablar pero no puede, cuando se
le da un poco de confianza se le escapa el
tono blandengue, y no te quiero decir nada
de su forma de andar, parece que esté bailando El lago de los cisnes, pero si no me estoy riendo de él, al revés, me cae muy bien,
creo que vamos a hacer buenas migas con él,
pero me hace gracia, ¿a ti no?, a ver si nos
vamos un sábado con él por ahí, me lo pro-
puso él mismo, se lo diremos hoy si viene,
¿vale?, no, no suele venir hasta el atardecer y
a veces ni eso, no, come en un comedor co-
lectivo como tú, entonces le decimos que
este sábado podemos, ¿no?,

pues sí, el Vicentico ha encontrado trabajo,
repartiendo propaganda, sí, me imagino que
una miseria, pero más vale eso que nada,

además lo peor es sentirse un mantenido inútil, no, él no, me lo ha dicho su madre, que estaba muy preocupada por él, dice que no hablaba casi y apenas comía y ahora parece otro, Elia, ¡cuánto me alegro por él!, cuando fui a verlo la última vez lo vi hundido, ¡ah!, no te lo dije, también se va a presentar a las oposiciones de Correos, no sé, el año que viene, ahora me toca a mí encontrar una basura de trabajo,

a veces todo parece tan espeso que noto cómo no me dejo reírme ni con Faemino y Cansado, na menos que Faemino y Cansado, y es que ni con el de Pérez de Cuéllar puedo, y eso es grave, relativizo el bajón que me arrastra, me vitoreo como una animadora ninfómana, pero no puedo, ¿por qué no puedo?, pues tengo que poder, me consiento demasiado, ni con el estropajo se me va esta cara de rancio, ¿contra qué o quién estoy?, contra todo y todos, bueno, me digo, no seas tan general, pues contra el ser humano más indefenso, por ejemplo, la del puesto de la fruta del mercado, a la inocente le digo que me ponga los plátanos más maduros que tiene para machacarla, me tengo que calmar, estoy un pelín acelerado hacia abajo, y eso que todavía no he leído lo que voy escribiendo, que cuando lo haga me voy a tener que tomar un saco de antidepresivos, le preguntaré a Sergio que conoce el paño, porque a ver si me voy a poner como una moto de 1.000 cc y no me voy a reconocer con la sonrisa postiza, no tengo humor ni para romperme a llorar y aligerarme un poco, y con tanto peso no puedo, por más que lo intento no puedo, palabra de enamorado, ¡viva la vida!,

a veces parece que no pase nada malo entre nosotros, Elia, y otras, que sí pero que aparentamos y nos creemos que no, sobre todo yo, y a veces no sé qué pensar y pienso que no podría vivir sin ti, y otras, siento las cosquillas de mis sentimientos fríos al darme lo mismo si vienes del trabajo o no, a veces me dejo llevar por tu espontaneidad y salimos a cenar fuera, y otras, no me apetece nada que no sea mi egoísmo, a veces esforzándome te cuido un poco y te doy una sorpresa en forma de regalo o poema, y otras, no te contesto aunque te escucho con toda claridad, a veces me pillo desprevenido y dejo de controlar mis emociones cuando me besas repentinamente en el restaurante, y otras, hago mi horario de témpano de hielo, a veces me llena tu sencillez, y otras, me vacía, a veces te veo guapísima, y otras te sigo viendo guapísima, pero me gustaría follarme a la tía que se sienta ahora en la mesa de la esquina o a la pelirroja que se fue antes, a veces creo en ti, y otras, me tengo miedo, a veces pienso que nunca nos separaremos, y otras, que voy contigo no por amor sino por comodidad y porque pagas tú la cuenta, a veces presiento que estamos en ruinas, y otras, que el peligro nos hace más fuertes y nos une más, a veces creo que estoy a punto de soportar tus manías que quizá no son para tanto, y otras, que a manioso no me llegas ni a la suela de los zapatos, a veces me muero por darme sin reservas a ti y dar propina, y otras, que mi amor nunca va a ser tan sincero y generoso como el tuyo,

¿cuánto queda, Elia?, ¿35 segundos?, no podemos fallar, ¡eh!, que a ellos aún les quedarán unos segundos, vale, Antúnez, controla la situación, pásasela a Sabonis, tú otra vez a él, así Antúnez, pero cambia de lado, que cambies y no mames más, y que la pases, no, no tires con Orenga encima, ¡será cabrón!, ¿para qué has tirado?, ¿no te lo he dicho?, venga, no te lamentes y baja a defender, que quedan..., ¿cuántos segundos, Elia?, ¿sólo 7 segundos?, que van a hacer una pantalla para Herreros, triple de Herreros, ¡bien, bien, bien!, ¿qué?, Elia, ¿no sabes que soy de El Estudiantes?, no sé, me dejas un poco sorprendido, ¿entonces te daba la impresión de que era del Madrid?, pues se ve que lo nuestro sí que es grave,

papá, no hace falta que me empujes para que me caiga y luego puedas curarme, si quieres cojo la moto y como aquella vez me estrello contra aquel árbol, no, después estaremos otra vez por lo menos tres años sin decirnos ni buenos días para que nadie descubra que flaqueamos en ciertas palabras tiernas, no, si estás en la cocina todo el día me iré a comer a un bar, pero, oye, si me ves con mis amigos por la calle no me saludes que últimamente ando un poco sensiblero, tenemos que evitar dirigirnos la palabra los esporádicos fines de semana que nos vemos no sea que te vea llorar tirado en el suelo como un mañaco y, en vez de hacerme el disimulado como el día de tu cumpleaños, me deje llevar por algún recuerdo de la infancia, el más peligroso es el del beso por la noche cuando creías que ya me había dormido, y caiga en la embarazosa tentación de abrazarte silenciosamente y de llorar hacia dentro, no, no me busques mi talón de Aquiles o estamos perdidos, tú a lo tuyo y yo a lo mío, y si nos cruzamos cuando no estaba previsto pues yo me hago el ensimismado y tú silbas mirando hacia el techo del pasillo, sí, hay humedad en aquel rincón, salió hace unos meses, pero como no podemos permitirnos ninguna alegría no te he podido avisar, había pensado mandarte una nota anónima, pero si alguien se enterara podría murmurar que no somos padre e hijo, o algo aún peor,

¡hola!, soy yo, ¡quién va a ser, tu hijo!, no está la mamá, ¿dónde está?, ¡ah!, pues nada, llamaba sólo por llamar, sí, por aquí hace sol, ¿por ahí también?, sí, aquí también llovió ayer, pero cuatro gotas de nada, pues nada, dile a la mamá que he llamado, ¿dónde estaba?, ¡ah, sí!, ¿qué dices?, no, creía que habías dicho algo, entonces adiós,

los serbios tienen cercada a Sarajevo y Europa, las inundaciones en China provocan miles de muertos, a mi madre casi le atropella un coche en un paso de cebra, en Inglaterra dos chavales torturan y matan a un crío que no levantaba dos palmos del suelo, ETA mata a un ertzaina cuyo trabajo se desarrollaba en la amenazadora oficina de renovación del carné de identidad, en EE.UU. se quitan de en medio con una inyección letal a otro condenado a muerte, unos cabezas rapadas limpian las calles de escoria en Barcelona, yo me compro una bolsa de pipas y me voy al parque, al parque que está más lejos, a la otra punta de Alcoy, para que no me salpique la sangre, donde me escondo bajo un árbol no sea que los cazas me hayan seguido y no me dejen dormir la siesta en paz, pero con los ojos entreabiertos porque quizá aquel hombre que viene va a sacar la metralleta al haberle cocinado su mujer los huevos demasiado hechos, y todo el rato vigilando que mi parte racista no se ensañe con mi parte maricona sudaca y me envíe a comer pipas a la psicosis que es como mi sombra ya, y toda esa conspiración para que no vea que, al echarle las cáscaras a las hormigas, éstas las arrastran como pueden pese a ser el triple de grandes que ellas, y así no siga creyendo en el milagro de la vida,

la camisica que tengo, soy gitano y vengo a tu casamiento, a romperme la camisa, la camisica que tengo, soy gitano y vengo a tu casamiento, a romperme la camisa, la camisica que tengo, soy gita..., ¡eh!, ¿quién ha sido?, ¿quién me ha tirado un cubo de agua?, ¡me cago en vuestros muertos!, has sido tú, sí, has sido tú, cotilla del tercero, maruja de bingo, no te escondas, sal y cuéntame cómo te pone cachonda Contacto, con tacto, un paréntesis, tiempo muerto, sí, soy yo, el que no entra en las tiendas para que no se dé la posibilidad de salir sin comprar y me muera de vergüenza, sí, también el que no le pone un esparadrapo en la boca a los que retransmiten la película en el cine, y, aunque parezca mentira, el osado que esta noche se ha atrevido a salir fuera de ahí arriba, ¿Elia?, se ha ido a Elda a ver a su madre, sigo, y ahora está aquí abajo y antes estaba allí en los bares donde, para que los caníbales no me comieran, me he bebido en dos horas 7 cervezas, la próxima vez lo conseguiré con 6 y luego con 5 y con 4 así hasta que logre emborracharme, sin beber, de la naturalidad con la que hace unos días fui a buscar trabajo, es que aún no me la creo, es que desde pequeño las largas distancias nunca me han ido, lo mío son los 100 metros donde tratas de tú a tú a la gente, sin intermediarios como la fea y extranjera realidad, sé que romper el hielo es de usar y tirar y luego todo no va sobre ruedas, pero no sé qué quieres que os diga, como dice Elia tendré algo de mártir como mi madre y de piñón fijo como mi padre, de tales palos tal mendrugo, y si no, decidme que no es mendruga mi ocurrente manera de que Elia se fijara en mí, al principio de todo, cuando era virgen de tanto follar, sí, de tanto follar con toda cosa que tuviera falda o una bombilla en el pene, no, ya sé lo que pensáis, éste está aquí comiéndonos el coco con su timidez y ahora..., ahora y siempre una cosa es ser cortado y otra gilipollas, pues al principio de todo, bueno, antes me vais a permitir que aproveche la coyuntura y siga con mi fiesta particular para celebrar mi primer día de marcha solo por Alcoy, ¡bruja!, venga, baja la basura que te voy a deshacer la permanente y a arrancarte de un mordisco esa verruga del cuello, soy gitano, y vengo a tu casamiento, a romperme la camisa, la camisica que tengo, eso me gustaría saber, ¿quién se ha casado con tal momia?, ¡muérete! ya está, me siento de puta madre, pues al principio de todo, como decía, como Elia y yo vivíamos en el mismo barrio, espiaba todos sus movimientos, eso durante los tres años o más, más creo, que Elia ni se podía imaginar que ese tío rancio estuviera escribiéndole por las noches poemas de amor, así, hasta que un día como otro cualquiera me bebí 9 cervezas, más que hoy, ¿eh?, esperad, que ahora viene la gracia, y me vestí de espermatozoide y me presenté en su casa a darle todos los poemas, ya no podía ser más Cyrano de Bergerac, nunca he sido ni seré un héroe, y me cambié al turno de día, sí, a lo mejor tenéis razón, sí, lo del espermatozoide y las pajas mentales de las que me alimento recuerda mucho a Woody Allen, a lo mejor nos parecemos, entonces, ¿soy tan cabrón como él?, ¡eh!, ¡eh!, ¿qué pasa?, ¿por qué me pega?, no me pegue que yo no le he hecho nada y no soy judío, ¿el marido de la cotilla del tercero?, pues perdone si le he molestado a usted y a su señora, pero es que el nivel etílico de mi ser humano es muy alto, sí, ya me voy, faltaría más, lo que usted me diga, pero oiga, antes me haría el favor de abrirme la puerta, yo vivo allí enfrente, es que llevo aquí todo el repertorio de Camarón y no atino a meter la llave,

abuelo, no creas que te había olvidado, lo que pasa es que todo es tan confuso contigo, en un segundo estoy a punto de machacarte y al siguiente recuerdo cómo nos bañábamos juntos en la acequia y me siento culpable, y sin descanso al siguiente otra vez tengo ganas de machacarte y me siento culpable de haberme sentido culpable el segundo anterior, ¿por qué no hiciste nada?, ¿o por qué si no te diste cuenta no te la das ahora y ese sentimiento de culpa que es tuyo no mío te corroe hasta que te haga ver que has sido un nazi cabrón?, ¿por qué te hiciste el inocente incluso tus últimos días cuando te llevaba del brazo al bar de Luis a que vieras las corridas de toros en Canal Plus?, apesto a tus remordimientos putrefactos, ¿cómo has podido hacerme esto?, dime ahora mismo por qué eras tan cerdo de volver la cabeza cada vez que mi madre con el camisón desgarrado te miraba con sus ojos asustados de niña, respóndeme ahora mismo o..., ¿no tienes que decir nada?, ¿no vas a decir nada?, ¿no dices nada?, por favor, di algo, no, no te justifiques, que no quiero justificaciones, lo que necesito como el pan de cada día es saber quién has sido, ¿has sido el que me traías tortitas de las panaderías al amanecer o el que no pagó las míseras 10 ptas. intemporales que costaba el título de modista de mi madre?, ¿el que me decía dónde estaban las moreras para darle de comer a los gusanos de seda o el que le pegó una paliza a garrotazos a mi madre porque estaba hablando con el novio de una amiga?, ¿el que me contaba historias que te contó tu abuelo, como aquella del hombre que se enamoró de su mula e incluso abandonó a su mujer, o el que le obligaba a mi madre a ser Cenicienta mientras su hermana pequeña toda emperifollada se iba a los guateques?, si no vas a quitarte la máscara no digas nada, que te calles, cállate que estás muerto, llora, llora lágrimas de cocodrilo, ¿qué dices?, no te entiendo, ¿quieres decir algo?, ¿sí?, habla más alto que no te oigo bien, por favor, dilo o tendré que borrar todos nuestros recuerdos y no podré dejar de odiarte, venga, abuelico, ¿te ayudo?, te he querido tanto, ahora ya tienes que seguir tú sólo, te he querido tanto, tanto, Pedrín, porque toda la vida me he sentido, me he sentido, sigue, no te pares, ya casi está, me he sentido culpable, culpable de haber sido un nazi cabrón con tu madre, ¡lo has dicho, abuelo!, por fin te has quitado la máscara, tienes que decírselo a mi madre, sí que puedes, mamá, que el abuelo te va a decir una cosa, ¡Carmencita!, ¿por qué lloras?, no te asustes más, que papá está aquí y nadie te va a hacer más daño nunca, duerme, duerme, niñita mía, que todo ha sido una pesadilla,

Vicente, ¿has visto a mi abuelo?, ahí en la puerta de Juguetes Pino, sí, murió en septiembre, pero asómate a la esquina y lo verás sentado en la silla al fresco con el dueño de la tienda, Ernesto, bueno, a éste no lo verás, ¿a que sí está mi abuelo?, ¿no?, estás ciego, estoy escribiendo ahora sobre él así que debe estar, ¿no te acuerdas el día que pasamos, yo aún vivía en Elda, que te conté que el de la tienda pidió a los Reyes Magos a la hija pequeña de la peluquera de la esquina para jugar a médicos?, sí, mi abuelo le llamaba el Tío Chocho, ¡ah, sí!, es verdad, mi abuelo al morirse antes el de la tienda sentenció con justicia divina, ¡que se joda!, ¿entonces lo ves ya?, ¿sí?, pues venga, vamos, ¿ese día no tenías que comprarle el regalo de cumpleaños a tu madre?, pues date prisa o van a cerrar, son casi las 8, ¿a una lencería?, ¡ah, sí!, que era un pijama de seda que habías visto en una revista, no un pijama de seda cualquiera sino uno casi mágico que no tenían en ninguna lencería, ni en la de la plaza del Edificio Ernes, pero que constitucionalmente deberían tener en este pueblucho de mierda, ¡qué manía llamarle pueblucho de mierda a mi patria chica, a la mayor terreta del món!, siempre que lo dices me callo y me quemo por dentro, cualquiera te replica con la aplastante rotundidad con que dices las cosas, tus opiniones a veces son dogmas de fe y al hereje parece que no le queda más remedio que callarse o si habla pelearse contigo, no te sulfures, que aquí no puedes defenderte, ¿no ves que sólo hablo yo?, pero ¿no me estás poniendo tan verde como yo a ti en la novelucha ésa que estás haciendo?, sí, ¿eh?, pues déjate de monsergas y déjame seguir, ¿qué te decía?, ¡ah, sí!, que alguna vez estallaré y ya veremos, entonces te diré que cuando te fuiste a Valencia, donde, para que ellos lo sepan, viviste dos años y tuviste que volver porque no te salió bien, lo mismo que nos va a pasar a nosotros si siguen así las cosas, digo, que entonces te diré que en la estación de tren te despedí muy atento a tu lengua viperina soltando ascos sobre Elda mientras yo pensaba, ¡eh, para!, que yo me quedo aquí y tanta mierda me va a ahogar, y seguiré diciéndote entonces que cuando te recibí en la estación de tren muy atento a tu lengua viperina soltando ascos sobre Elda y Valencia y el mundo en general, pensé, para empezar a decirte ahora, no mates moscas a cañonazos, pistolero, y cantemos juntos la canción de nuestro paisano Pedrito Rico, yo soy de Elda, señores, y por todo el mundo lo hice saber, es un pueblo honrado y laborioso, es el más hermoso entre cien..., en la iglesia del tanatorio, sí, abuelo al final no pudo ser en tu casa como querías, compréndelo, era muy pequeña para las 200 personas por lo menos que no dejaron vacíos ninguno de los bancos, conocías a tanta gente, pues en la iglesia del tanatorio el cura está hablando sobre el muerto, le llama por su nombre, mira qué casualidad, se llama igual que tú, y dice cosas de él que suenan bonitas pero que nadie se las cree, me he equivocado, me he metido en otra misa de difuntos, como de esto no entiendo mucho, salgo y le pregunto a uno de los de allí, oye, ¿la misa de mi abuelo, el tío José?, ¿ésta?, pero José Rodríguez, no puede ser, entro aturdido y me siento en la última fila esperando creérmelo, es imposible, ¿cómo me voy a creer las gansadas acerca del cielo de ese tío que se peina con una raya cerca de la oreja para taparse la calva, y que jamás se ha venido a coger piñas con nosotros?, me voy a ir pero antes echo una desesperada última ojeada a ver si conozco a alguien, sí, aquél es Corentino y la Antonia y los demás, ¿qué hacen aquí todos tus parientes de Jumilla?, éstos como el muerto se llamaba José también se han equivocado, Corentino, ¡hola!, soy yo, el Pedrín, ¿me reconoces todavía?, sí, el hijo de la Carmen, oye, Corentino, que ésta no es la misa del abuelo, no ves que no dice nada de cuando fuimos a ayudaros a vendimiar a vuestras tierras, ¡hola!, Antonia, dos besos, soy el de la Carmen, sí, el Pedrín, sí, ha pasado mucho tiempo, que le decía a Corentino que ésta no es la misa del abuelo, yo no he oído todavía al cura decir nada sobre el convite de tu boda, abuelo, ¿te acuerdas la de gambas y langostinos que comimos?, dijimos, nos vamos a poner malos, como así fue, pero que nos quiten lo bailao, Antonia, ¿os venís entonces a buscar dónde puede estar mi abuelo?, ¿aquí?, no, éste no es, se llama igual que él pero es otro, ¿mi abuela?, ¿dónde?, ¿qué hace mi abuela y los dos maromos, ¡y también mi madre!, en la primera fila?, ¿cómo puede creerse mi madre que eres tú, abuelo?, pero si también están los de Valencia, y allí el Enrique, llorando, primo, dime tú que con un plan cuidadosamente estudiado robábamos golosinas en la tienda de Chinorlet si te crees que éste es el abuelo, ¿que sí te lo crees?, ¿no te acuerdas que tú pedías la casera fría y, mientras vigilabas

100

que no viniera Raimundo por el pasillo que llevaba donde estaba el frigorífico, yo me llenaba los bolsillos de chicles de bola, regaliz y magnesia?, ¿no?, ¿no te acuerdas de cuál fue el fallo garrafal de nuestro plan?, ¿cómo que no?, ¿no te acuerdas de que ninguno de los dos pensó en la puerta de entrada y una mujer entró y al oírle gritar, Raimundo, que te roban, que te roban, salimos corriendo y no paramos hasta las montañas donde resistiríamos como los maquis de los que hablaba el abuelo?, ¿tampoco?, no, si desde que te empezó a gustar Julio Iglesias ya sabía que todo no iba a ser igual que antes, que cuando más te necesitara te harías tan cuerdo como todos y me dejarías solo creyendo que éste no es el abuelo, sí, corre, dile a Raimundo que hemos sido nosotros los que le robamos, siempre has sido un envidioso y un chivato, no te voy a dejar más el álbum de la liga del 78-79, eres tan traidor como yo, si no a la vez gritaríamos ahora mismo aquí en medio de todos que no les seguimos el juego, ni a ti tampoco abuelo, o si no, por lo menos, habríamos resistido en las montañas sin bajar nunca,

Sergio, a ver cuándo nos vamos ese sábado que dijimos, vale, ¡qué gafas más chulas llevas!, ¿de Jean-Paul Gaultier?, ¿en París?, el otro día te las vi y me dije, esas gafas no son de por aquí, deben de haberte costado un pastón, ¿50.000 ptas.?, ¡hombre!, para ti no serán caras, pero es otra galaxia para mí, pues mi amigo Vicente tiene una imitación de unas Diesel, ésa que tiene agujeritos en las patillas, ¿que hay muchas Diesel con agujeritos en las patillas?, pues no lo sabía, creía que eran las únicas, son parecidas a las que lleva el protagonista de Amor a quemarropa, sí, a mi amigo le va el toque de duro, sus gafas, su melena y sus botas de fuego, y si tuviera dinero su Harley Davison, y no le digas ni de broma que es un americano cañí que se ofende, claro, lo que yo pienso, no hay que tomarse tan en serio y excluyentemente la estética con la que se comulga, por ejemplo a mí, ya ves, me va lo desastrado dentro de un orden, y asumo que a través de las películas y la música he mamado lo hippie y ahora lo que llaman grunge, no tengo por qué negar lo obvio, hoy en día las influencias que vienen desde el otro lado del océano vuelan en nave espacial y el eclecticismo de culturas es el signo de los tiempos, tampoco tenemos que negar que ahora tanto la forma de vestir como la música no tienen el valor virginalmente revolucionario de antes, eso iba a decir yo, que la sociedad de consumo se lo traga todo, incluso lo molesto o desagradable lo hace digerible, vendible, lo que tú dices, que sólo puedes ir de auténtico si te estás mirando todo el día el ombligo, ¡hombre!, mi amigo no es así ni mucho menos, es más rico, es un dandi, y no lo digo en tono peyorativo sino al revés, es el dandi de las botas de fuego, sí, quizá la primera impresión es de macarra, pero cuando lo conoces, es todo lo contrario, como el dandi que es expresa cómo es y piensa en la forma de vestir, sí, como todos, pero él con más fuerza, como para autodefenderse más, bueno, esto último es una más de mis perogrulladas, ya me conocerás, por ahora son mil duros por esta clase de psicología barata en la que me he dado el pego, ¿que te gusta escuchar?, ¿entonces ya tengo trabajo?,

venga, un último esfuerzo, detrás de aquella curva está la meta, ¿no la ves?, da lo mismo, sigue, sigue y no flaquees ahora que no tienes nada que perder, si hubiera sido antes cuando todo parecía ganado sería diferente, pero ahora tienes que ir a muerte, date caña, revienta si es preciso, venga, que sólo te faltan ciento y pico páginas de nada, aprieta los dientes y acelera, así, así, no, eso no, no cometas el fallo de mirar hacia atrás, siempre hacia adelante, ¡eh!, que tampoco te hundas porque todos los demás te pasen y te estés quedando el último, tú a lo tuyo, concéntrate y esprinta hasta tirar el hígado por la boca, así, pero cruza la meta, ¿no la ves?, está tras aquella curva, da lo mismo, sigue, sigue y no flaquees ahora que lo tienes todo a favor para ganar, si hubiera sido antes cuando todo parecía perdido sería diferente, pero ahora tienes que ir a muerte, sí, sí, lo he anotado todo, Induráin,

¡atención!, pasen y oigan la más increíble historia jamás contada, todo no empezó un día concreto, fue poco a poco, sin darnos cuenta, como ocurren las cosas de las que nunca te vas a desatar, si lo piensas con perspectiva, cumpliendo un plan ideado al milímetro, que no me dejarais, díselo tú a tu marido por si se hace el sordo, que me fuera al viaje de fin de curso estaba íntimamente relacionado con que los siguientes años cada vez que venían fiestas no pudiera salir a partir de las doce porque por la noche sólo hay borrachos, o con que yo supiera que si me tocaba dos o tres veces la cabeza sin darme cuenta eso significaba ir enseguida al médico y, a pesar de decirte, mamá, que no me pasa nada, estar dos o tres días sin ir al instituto, si lo de Palma de Mallorca hubiera sido un hecho aislado, en el recuerdo sólo hubiese escocido pero no dolido, sí, mamá, otra vez con lo mismo, no, el pasado es pasado, pero es que sin antecedentes van a decir que me invento nuestra verbena sadomasoquista, ellos me entienden, sigamos, todo fue bien hasta que descubrí en un libro que el mundo no se reducía a nuestra casa, y que en otras cada noche no cerraban la puerta con tres vueltas de llave en la cerradura de arriba y dos en la de abajo aparte del pestillo y la cadena, sino que la dejaban abierta de par en par para lo que fuera, para lo que siempre puede pasar, algo impensable en nuestro rutinario horario, por el día a trabajar o a clase y rápido a casita que llueve, luego comida y cena familiar viendo la tele, a las once en punto a dormir y los domingos al campo, así siempre, todo calculado, nada ni nadie fuera de lo normal para no descolocarnos, por eso las vacaciones y las fiestas eran un peligro para la supervivencia del hogar construido con el sudor de la frente y con el miedo al enemigo, que yo espiaba desde la ventana cómo venía de comprar pan o empujaba un coche que no arrancaba, pero de pronto, tatachán, todo cambió para vosotros, digo para vosotros porque no para mí, la revolución de cambiar todo para que todo siguiera igual la viví en vivo y en directo creciéndome como un tumor benigno desde que leí aquel libro y otros, dejé de volver directo no ya del instituto sino de los futbolines y la amenazante y golfa realidad se coló por debajo de la puerta de casa en forma de mi amigo Vicente, el punto de ruptura fue que me negué a comer hervido los jueves, y vosotros por tal osadía le echasteis la culpa como siempre a partir de entonces al de fuera, sobre todo tu marido, no, ¿que te crees que no sé que a la cara no dice nada, pero por la espalda maneja los hilos y se explaya bien?, por ejemplo, contigo como sabe que se lo tragas todo se despacha bien, estáis hechos el uno para el otro, no hay quien pueda

discutirlo, bueno, retomemos el hilo, después vino la subterránea guerra de guerri-
llas que duró tanto tiempo y que nos causó
tantas heridas sin cicatrizar, los primeros
años fui un animal rabioso que mordía a
diestro y siniestro, así conseguí el aire suficiente para vivir fuera, pero no queriendo
darme cuenta de que, aunque pudiera llegar
con las cadenas más o menos donde quisiera, no me deshacía de ellas, tenía que haber
dado el petardazo o intentar arreglarlo,
pero no quedarme a medias, eso hizo que
con los demás seres de la Tierra fuera todo
lo civilizado que puedo ser y con vosotros
un monstruo, y a ti más o menos te hablaba
cuando no te ponías madre no hay más que
una pegajosa, pero a tu marido, a mi padre,
al papá, era verle y volverme tan cerrado y
tarugo como él, ¡menudo toporrón era yo
también!, mamá, es que no se podía hablar
con él, ibas con él o contra él, imagino que
igual que conmigo, peor porque se supone
que yo tenía y tengo más cabeza, entonces
no pude evitarlo, más tarde sí hubiera podido pero, adicto a mi cobardía, tampoco hice
nada por remediarlo, y así hemos seguido hasta ahora, hasta ahora que el amor
de Elia me ha hecho ver como un mazazo

lo verdaderamente desgraciados que hemos
sido,

si alguien el lunes de su semana de vacaciones de Navidad va en coche a visitar a una
conocida, y al terminar va andando al cine
que está dos calles más arriba en el que ha
quedado conmigo a las 10.15, y llega a las
10.50 cuando ya ha empezado la película
hace veinte minutos, pero a pesar de todo
discutiendo entramos y no la vemos y cabreados salimos y regresamos a casa sin dirigirnos la palabra, y el martes se pregunta
por el coche, pero deduce que estará en la
avenida donde siempre, y el miércoles se
vuelve a preguntar y duda y va a comprobarlo, pero Sergio nos enseña fotos de un viaje
que hizo a Guatemala y el coche se le borra
de la mente hasta el jueves, y el jueves, sin
decírmelo para que no me meta con su memoria, se va a buscarlo y no lo encuentra, y
no queriendo creer que se lo han robado llama al retén y al ayuntamiento y le dicen que
allí no está, y, entonces, ya angustiada viene
y me dice que han robado el coche, y yo le
digo, que tranquila, que otras veces no se

acuerda dónde lo ha aparcado y siempre al final lo encuentra, y dice que esta vez no, y yo le digo, Elia, ¡joder!, ya sé que te da rabia que te digan que no tienes memoria, pero así es, y ella insiste en que esta vez no ha sido ella, y yo, vamos a ver, ¿cuándo es el último día que lo cogiste?, y ella sentencia entre enrabietada e impotente, que no es eso esta vez, y yo recapitulo, ayer no salimos porque estábamos enfadados, ¿no?, anteayer tampoco por lo mismo, ¿no?, y el martes tampoco por lo mismo, ¿no?, ¿y el lunes?, ¡ah, sí!, el lunes fuimos al cine, yo te esperé en la puerta del cine desde las 10.15 y tú llegaste a las 10.50 y a pesar de que había empezado la película entramos discutiendo y no la vimos y salimos cabreados y regresamos sin dirigirnos la palabra, entonces es cuando con aire de superioridad le digo que ya lo tiene solucionado, que ya sabe dónde está, y ella me insulta y se va pegando un portazo, ¿si ocurre todo esto es que somos incompatibles, o dicho a lo bruto, que no nos soportamos y no podemos estar juntos, aunque tampoco separados, y por eso la sigo y le pido perdón y, aunque no me responde, no me echa de su lado, me deja acompañarla a recoger el coche?, ahí está, encima de la acera y sin llevárselo la grúa en toda la semana, abre, arranca y pasa de largo, Elia se ha ido, no, me está esperando a la vuelta de la esquina, ella no le saca filo a todo como yo, no es tan exigente, es más tolerante, ¿hasta cuándo si no cambio?,

Vicente, es como si estuviera haciendo la mili en Ceuta y tú fueras mi novia, y, cabrón, te echo de menos, me pongo a recordar y no acabo, te acuerdas cuando le hicimos un puente a un coche y saltamos antes de caerse por un barranco, para no tener carné no condujimos del todo mal, a ver cuándo hacemos de ésas otra vez, aquí lo más peligroso que he hecho es escribir esto, se te ponen los huevos de corbata, y por cierto, sin Mesca y sin mí, ¿aún vas de tascas?, por aquí salgo poco, me encuentro como pez fuera del agua, tan sólo nos separan 50 km pero parece que estés en la Conchinchina, cuando nos vemos, últimamente muy poco, parece que no haya pasado el tiempo, sí, será eso, cada uno tenemos nuestra vida y ésta nos lleva a perdiciones distintas, este fin de semana venís Chus y tú, ¿no?, pues nos vamos a desquitar, tenemos que montar una fiestorra, no, yo por Elda no quiero ir mucho, es que si no tengo la sensación de que no vivo mi vida sino que aún dependo de mis padres, además les he dado un ultimátum por los malos rollos que ya sabes que tienen, por eso prefiero que vengas o vengáis aquí, sí, me acuerdo, es lo mismo que te pasaba a ti en Valencia, luchas por valerte por ti mismo sin las longanizas y quesos que te mandan los papás, tampoco he ido por Elda, Vicente, porque las últimas veces estás muy machacón, cuando estoy contigo dos días seguidos acabo escamado, aunque dos días después otra vez añore verte, cuando no sea tan cobarde tendré que decírtelo, esto ya lo he repetido alguna vez, ¿no?,

todo el día, incluso ahora que ya está Elia, estoy bostezando y no sé si es de hambre, sueño o aburrimiento, o de todo a la vez, será de todo a la vez o no, digo yo, la cuestión no es que esté mal sino que no estoy, desde que bajé la basura anoche me estoy esperando, pero se ve que no he vuelto, Elia dice que me habla y no le respondo, que estoy ausente, yo le hago caso porque ella siempre lo sabe mejor que yo, al más mínimo silencio se da cuenta de que estoy por los cerros de Úbeda, Jaén, es que no tengo ganas ni de discutir, me agarro al ralentí del cuerpo y me dejo llevar, sí, busco estar enfermo para declararme en huelga y que las cosas pasen por mi lado sin darles importancia, toso y mi mirada deshilachada pide a Elia que compruebe que tengo fiebre pese a no estar caliente, por si no me lo creo tirito como un actor del método y escondo el termómetro, así no hay dudas de que tengo que irme a la cama y Elia me debe poner las mantas necesarias para lograr casi ser invisible,

Vicente, déjate de gilipolleces, no nos digas más que nadie nos mirará con tanto amor, deja de hacer el payaso, sí, sí, a mí qué me va a subir, y yo he comido igual que tú, y Elia también, ¿a que sí, Elia?, Chus, tú has comido menos, ¿no?, Vicente, ¿qué dices?, sí, ¿como si te desdoblaras y nos vieras de forma distinta a la normal?, tú has visto muchas películas, tío, ¿vas en serio o en broma?, dilo, porque tienes una cara de colgado que asusta, ¿de qué te ríes?, ¡joder!, ¿de qué te partes de risa?, Vicente, para, que nos estamos mosqueando, si de verdad el pastel te ha colocado ve a tu bola y no te metas con nosotros, esto es una mierda, ¿por qué no nos sube a nosotros?, ¡menuda juerga se está corriendo él solo!, y eso que no hemos puesto todo el talego, Elia, no te mosquees, está colocado pero él se hace más, ¿que Chus también ha entrado?, Chus, ¿te estás colocando?, ¿sí?, Elia, mira, es verdad, ¡qué cara de alelada que tiene!, ¡eh!, que estamos aquí, ¿que tú también nos ves de forma diferente?, Elia, estos dos son de la secta de La Verdad Suprema, claro que no me lo creo, Vicente, algo colocaos iréis pero seguro que estáis compinchados, ¿dónde están las cámaras ocultas?, Elia tiene razón, nos estáis acojonando, ¿cómo queréis que no nos asustemos si lo dices con esas miradas de ido y Chus no cantaba desde que Betty Misiego ganó Eurovisión?, la próxima vez que vengáis a Alcoy el único pastel que habrá será el que aún estaré cagando del miedo que estoy pasando esta noche, en serio, ¡esto es un mal rollo!, sí, jajaja, jajaja, jajajajaja, nada, ¿qué me va a pasar, Elia?, ¿es que me estoy riendo?, pues no sé, porque sí, jajaja, jajaja, pero es que no puedo parar, Elia, no te mosquees, ¿cara de atontado?, no le hagas caso a Vicente, que no estoy como ellos, un poco atontado sí pero ya está, Vicente, ¡joder!, cállate, no metas bulla, que no ves que la estás asustando, laralará, lararalá, lalalaralará, y lará, ¡hostia, qué cebollazo!, teníais razón, esto es..., Elia te veo como si fueras otra persona, eres tú pero eres otra también, es como si descubriera cosas de ti que no veo normalmente, pero no te asustes, que no es mal rollo, al revés, muy bueno, tienes ganas de besar a todo el mundo, un beso, Chus, un beso, Vicente, y a ti Elia también, Elia, ¿qué te pasa?, no te cabrees, que no estamos conchabados, que no nos estamos riendo de ti, pese a que tenga una cara tan alelada como la de Vicente y Chus, no te asustes, sabemos lo que decimos, estamos colocados y tú no, eso es todo, ¿tú no te notas nada?, ¿ni como que estás algo más ligera?, sí, a mí también me pesa todo el cuerpo, pero a la vez es como si flotara, Vicente tiene razón, no te asustes, nosotros somos más cargantes, no podemos remediarlo, pero mira a Chus, ella va a su aire y no te agobia, Chus, ¿estás cantando en francés?, eso está bien, practica, practica, Elia, a ver si entras, no paras de ver imágenes a una velocidad endiablada, ¡coño!, esto es un psicodrama individual, ¡qué claro se ve todo ahora!, Vicente, así escribiríamos el novelón del siglo, ¿no?, y también es una carta astral, esto es un psicodrama individual y una carta astral, Elia, ¿dónde vas?, no te vayas, bueno, sí, da una vuelta hasta que bajemos, pero no te vayas asustada, ¿eh?, ¡hasta ahora!,

¡hostia puta, qué mareo!, pero si hemos pasado toda la noche en el salón, Vicente aún está sobando, pero Chus dónde está, ¿y Elia?, ¡Elia!, no está en la habitación, ni en la cocina, ¡Tigre!, ni en los aseos, ¿dónde estarán?, se habrán ido por ahí, las tres, ¿de verdad es esa hora?, tengo revuelto el estómago, ¡aaa!, ¡joder, qué susto me has dado cabrón!, ¿qué, cómo te encuentras?, sí, ¡menudo cebollazo cogimos!, yo al principio creía que estabas exagerando, pero luego..., sí, Elia se asustó, es que si estabas fuera te asustabas, ¿y por qué no es para tanto?, tú no te viste lo colgadísimo que estabas, ahora cuando venga Elia te lo dirá también ella, pues por ahí estará con Chus, ¿cómo que Chus se ha ido?, ¿a dónde?, ¿a Elda?, ¡joder, qué prisa!, la puerta de la calle, ¿Elia?, ¿qué, aún estás asustada?, ¿cómo que un poco?, pero lo único que pasó es que estábamos colocados, ¿tan mal lo pasaste?, Vicente, tú entraste al principio, pero yo sí te puedo decir que cuando tú eras el único al que había hecho efecto me mosqueé mogollón y me empecé a asustar, es que no sabía si hablabas en serio o en broma, sí, además Elia tiene razón en lo que dice, como es la primera vez que probamos esto no teníamos ni puñetera idea de cómo era eso de estar colgado, y, además, tú colgado y con lo feo que eres cómo no vas a asustar, sí, corre a lavarte la cara, ¿Chus?, dice Vicente que se ha ido a Elda, no sé, te asustaste, ¿eh?, sí, es muy malo quedarte fuera, la próxima vez entramos los dos y ya verás qué bien se pasa, ¿vale?, ¿qué te pasa?,

Vicente, ¿qué hacemos?, no sé, ¿qué hacemos, Elia?, pues entonces ninguno tenemos ni idea, no, salir no me apetece a mí, ¿y si viéramos alguna película de la tele?, a ver si tenemos suerte porque todas las Navidades repiten las mismas, no os lo decía, Vicente, cambia a Antena 3, pero si es ET, ¡joder, cómo se pasan!, es que lo de la tele es de apaga y vámonos, no tienen vergüenza, Vicente, no es que crean que la mayoría de la gente es idiota, es que ellos saben que el personal es capaz de tragarse Verano Azul diez veces, Elia, eso no es así del todo, bueno, si hicieran programas no de evasión en horario de máxima audiencia, no sé si el mando a distancia se quedaría quieto, sí, sí, pero no sé, Elia, ¿por qué te lo tomas a pecho?, sólo estoy dando mi opinión, y digo que no sé si es antes el huevo o la gallina, claro, Elia, pero para mí el colmo no es eso sino que la cadena pública copie o imite a las privadas para mantener audiencia y se haya olvidado de las minorías, ¿dónde hay programas culturales o de otro tipo?, si los hay son rarezas y a horas intempestivas, vale, Elia, tú opinas una cosa y yo otra y ya está, Vicente, ¿qué hacemos?, ¡ah, ya sé lo que podíamos hacer!, tengo el corto de Mesca ahí, sí, me llegó el viernes, tú lo has visto, ¿no, Vicente?, ¡ah, creía que sí!, en el vídeo de Sergio, ahora lo saco de su habitación, no, está en Milán, sí, en fin de semana es difícil que se le pille por aquí, bueno, entre semana también, no es que sea millonario, pero se ve que el sueldo, aunque viva realquilado, le gusta gastarlo en vivir bien, conciertos, obras de teatro, comer en restaurantes, viajar, no, no para, sí, y tanto que es un nivel de vida alejadísimo del nuestro, Elia, ven, que vamos a ponerlo ya, Tigre fuera de ahí, Vicente, quítatelo de encima que no te gusta, venga para fuera, para todos ustedes La última semana de la hermana de José Enrique,

llegó el día, un tío con una pinta de funcionario del mayo del 68 que no ha hecho la mili, pese a que estoy pensando en lo que voy a hacer de comer, me ofrece un cigarrillo, no, gracias, no me gustan las albóndigas, y me lee en valenciano, no, no me importa, no lo hablo pero lo entiendo, me he visto toda La bola del Drac, los distintos sitios donde puedo hacer la objeción, en el museo arqueológico, en la oficina de información juvenil, aquí en el ayuntamiento de ayudante suyo, en un colegio infantil con un niño autista..., ése, ¿que por qué?, ¿tengo que contestar?, pues porque no tengo huevos para ser insumiso y me dan tirria los chupatintas socialistas como tú, repetición de la jugada, en el museo arqueológico, en la oficina de información juvenil, aquí en el ayuntamiento de ayudante suyo, en un colegio infantil con un niño autista..., ése, pues porque estoy emocionado por ser solidario a la fuerza y por servir a mi patria, repetición de la jugada por si hay dudas, en el museo arqueológico, en la oficina de información juvenil, aquí en el ayuntamiento de ayudante suyo, en un colegio infantil con un niño autista..., ése, pues porque me gustan los críos, ¿es muy pequeño?, ¿sólo 4 años?, ¡ah, que es una guardería!, y porque yo también soy uno de ellos, si no, ¿por qué mecánicamente repito lo mismo miles de veces y los interlocutores son simples comparsas en los diálogos?,

abuelo, el Enrique ha tenido otra chiquilla, ésta de córner, yo no estoy muy al tanto, pero como mi madre no puede dejar de estarlo y la abuela ya se encarga de que no lo deje, sé que le van a llamar Jennifer, más cursis y pueblerinos no pueden ser, claro, donde esté una Angustias o una Fulgencia que se quiten esas pijerías, que no, abuelo, que lo decía de broma, ¿que no ves que si le

119

pones a una chiquilla Angustias o Fulgencia la desgracias para toda la vida?, la otra noticia que tenía que darte es que Félix y Adela, sí, los vecinos del campo, pues a sus ochenta y pico años se han separado, ha sido Félix, me ha dicho mi madre que a su vez le ha dicho la abuela que dice que estaba cansado de aguantar a una vieja chocha, no sé, ¿no era desde la guerra civil?, entonces serán casi sesenta años, pues fíjate, después de sesenta años sin poder verse, no ella tampoco, por fin se han decidido, más vale tarde que nunca, ¿no era el refrán que más decías?, pues sí, lo era, doy fe de ello, y por fin, la noticia de cierre, en Navidad fue la última vez que vi y veré a mis padres,

y luego dicen que la gente no se preocupa de los demás, pues es rotundamente falso, por ejemplo hoy a mí me han rechazado mi primera novela en dos editoriales, el concurso de poesía con un libro que se llama Variaciones en blanco, ¿irá de bodas y comuniones?, se lo ha llevado un maestro de escuela de Soria, y, solidariamente, el grupo de teatro del pueblo prefiere hacer por tercera vez

Aquí no paga nadie de Darío Fo a mi obra de los aseos de los bares, no hay nada más gratificante que sentirte apoyado, lo que no sé es cómo se ha enterado de que el éxito me destrozaría,

conque eres tú a quien tengo que cuidar, Jaime, así te llamas, ¿no?, pero mírame, ¡eh!, que estoy aquí, no, allí en el limbo no, aquí, ¿no me haces caso?, ¿dónde vas?, ¡ven aquí!, deja los bolis, y las tizas, y el pegamento, y las tijeras, no, no me muerdas, que no me muerdas te he dicho, ven, que vamos al patio, allí están los de tu clase esperándote, ¿te gusta el patio?, imagino que sí, ¿a quién no le gusta un patio?, venga, vamos a que me diga tu profesora, Concha se llama, ¿no?, cómo te tengo que tratar, primero que me diga qué tengo que hacer para que no me dé escalofríos tu mirada que no es humana, hasta los ojos de mi gato, Tigretón se llama, expresan más que el vacío de la tuya, ¡eh!, no me claves las uñas, trátame bien que tenemos que vernos todas las mañanas cinco días a la semana, menos mal que las tardes las tengo libres para buscarme algún curro, porque si te digo la verdad me la he jugado viniéndome a hacer la objeción a Alcoy, estaba acojonado, pero al no ser todo el día arregla un poco las cosas, ¡gracias por darme ánimos!, ¿a Elia?, ya la conocerás, venga, dame la mano, tú y yo nos vamos a llevar muy bien, que no me hables me viene que ni al pelo,

Elia, voy a poner una lavadora de color, ¿tienes algo aparte de lo del canasto?, ¿cómo te encuentras de la gripe de hace dos meses?, en octubre fue, ¿no?, nada, cosas mías, ¿y por el trabajo qué tal?, ¿tu jefe sigue tan cabrón?, ¿sí?, en mayo se te acaba el contrato, ¿no?, pues si no te lo renueva le hacemos polvo el coche, le robamos el dinero de la caja fuerte y le quemamos la tienda, ya sé que no soy Mesca, pero a veces sí que me gustaría con gente que sí se merece que le metas un cactus en el ojo y se lo restriegues, sí, estoy demasiado agresivo para hacerte el amor, o quizá lo que pasa es que tú tragas demasiado y tu jefe lo sabe y yo lo sé y nos aprovechamos de ti, quizá sea eso, que no seas ambiciosa y te conformes con lo que tienes, aunque a lo mejor sea yo el que, quejándome, no me sacrifico ni el 11,2 % de lo que tú te sacrificas sin darle la más mínima importancia, quizá sea eso, que no puedo ser tan sencillo y tenga que darle vueltas a las cosas hasta marearme, hasta que no sé si es que estoy demasiado agresivo para que me hagas el amor o tú tan fiel y segura en tus caricias que me das miedo, ¿cómo puedo evitar que tu desnudez me haga sentir como si fuera vestido con dos abrigos, siete jerseys y tres pantalones mugrientos?, no me respondes Elia, con infinita ternura te estoy preguntando si tienes algo aparte de mí para meter en la lavadora,

mamá, cuando te cuente esto no te lo vas a creer, enfrente de mi casa, sí, suena raro pero todo es acostumbrarse, por favor, no me digas que me echas de menos preguntándome si eso quiere decir que vuestra casa ya no es mía o..., no caigas tan bajo en tu papel de víctima, pues, como decía, en el paseo de enfrente de mi casa, hay dos puestos de la Once pero ninguna cabina de teléfonos, increíble, ¿no?, ¿no lo entiendes?, pues es bien sencillo, si no hay cabinas cerca, tengo que ir a otras que están lejos y por el camino a veces se me evapora la fuerza que hay que tener para soportaros, nada más salir de casa en vez de decirte, venga, anímate, no pienses que estás mala, que es peor, y distráete, se me transforma en jódete, tú misma te lo buscas, te va la marcha, eres masoca, pues que te arreen bien, o, viendo ya la cabina a lo lejos, en vez de decirte si tu marido es un rácano y lo quiere tener todo en el banco para lo que pueda pasar en el mañana olvidándose del presente, sácalo tú y ya verás cómo se espabila, me sale que eres su esclava, como él lo es tuyo, y, como estáis hechos el uno para el otro, coméoslo vosotros solos, o ya entrando en la cabina, en vez de decirte si quieres que os acompañe al psicólogo al que ya he dicho que os acompañaría miles de veces, vomito, al oír decir a tu marido al fondo, pero si no pasa nada, y a ti decirme por lo bajo, déjalo, no armes jaleo, si ya no me amarga la existencia, que os pudráis, 539 39 51, ¿Elena?, soy yo, Pedro, pues tu primo, ¿qué tal van las cosas?, ¿a ver si vienes un fin de semana?, sí, venga, llámanos, sí, ya he empezado la objeción, sí, en una guardería cuidando a un niño autista, Jaime

se llama, bueno, Elena esto se acaba, un be-
sazo muy grande, y venid un fin de semana,
me lo has prometido, ¿eh?, oye, ¿las oposiciones de Correos sabes cuándo son?, ¿en
octubre? ¿todavía diez meses?, sí, me voy a
presentar, a ver si me paso y me dejas que
me fotocopie el temario, sí, a ver si las sa-
camos los dos,

entro en la panadería que me ha dicho Sergio para comprobar si es verdad que a Almo-
dóvar se le ha escapado un personaje de sus
películas, antes, siguiendo al pie de la letra
sus instrucciones, he esperado en la esquina
a que dos o tres mujeres me precedieran, y
ahora entro, y sí es verdad, la dependienta
parece una bigotuda luchadora de sumo con
un delantal de puntillas lavado con Ariel,
que le ha quedado blanquísimo y se lo ha
contado a su vecina, y también es verdad que
en una esquina del mostrador les está ense-
ñando a sus clientas el álbum de fotos de su
boda, en una, un taponcete de novio con
cara de no haber matado una mosca en su
vida, sobre un fondo de prado, está a punto
de asfixiarse entre las ubres de su panadera,

en la siguiente quien aparece es sólo la novia contemplando románticamente el paisaje con una mirada de borrego degollado, no, no voy a comprar nada, sólo quería ver,

Jaime, ven, siéntate aquí en el suelo, aquí, así, no seas quejica, no me muerdas, caníbal, dame el pie, el pie, el pie, sí, esto es el pie, muy bien, Jaime, ahora cuando te desate las cordoneras te lo vas a quitar tú solo, ya está, quita, quita, no, con el pie no, con la mano, venga, yo te ayudo, así, muy bien, pero que muy bien, quitártelo sí que sabes, pillín, ahora veremos ponértelo, coge, coge el zapato, coge, así no, no lo sueltes, coge, coge, que te digo que lo cojas, coge, así, y ahora mete, mete, aquí, mete, yo te llevo la mano, pero tú solo eres el que te lo tienes que poner, venga, mete, ¡eh!, ¿dónde vas?, aquí sentado, aquí, ¡uyuyuy!, pero no lo metes, mira, se hace así, ¿ves?, aplausos, ¿no te alegras?, mira, te faltan dos intentos más de quitarte y ponerte el zapato, pero necesito verte disfrutar un poco o me volveré tarumba de sentirme como un mueble, así que vamos a los lavabos a que juegues con el agua, esto sí que te gusta, ¿eh, bandido?, no, beber del grifo no, si quieres agua hazme la señal, no, hazme la señal, no, pegar con la palma de la mano en la boca es comer, no, eso no es beber sino comer, no dices que lo sabías, ¿que tienes interferencias por ahí dentro y no sabes en qué canal estás?, pues eso a mí no me importa, hasta que no hagas la señal de beber, no te dejo el mando a distancia, mira, hacemos un pacto, yo te enseño el vaso y tú haces la señal de beber, bueno, ya la harás,

Vicente, soy yo, abre, ¿quién voy a ser?, el tío más guapo de España, ves como sí has sabido quién era, pues mira, a hacerte una visita, ¿qué tal?, no sabía si a estas horas estarías repartiendo propaganda por ahí, ¿ya no?, ¿y eso?, ¡qué cabrones!, como siempre va a haber gente que lo va a hacer más barato al final trabajaremos de balde, sí, España es Taiwan, pues yo nada, he puesto carteles de dar clases por todos los sitios, pero no aparece un alumno ni por espejeras, aunque ahora como la guardería me sirve para relacionarme con mucha gente, a ver si con mi sex-appeal el boca a boca funciona, ¿y el CAP lo has

127

terminado?, ¿sí?, ¿has dado las clases prácticas y todo entonces?, y qué, nervioso, ¿no?, habrá sido para verte, sí, éste es el libro de Correos, sí, aquí está todo, me lo ha dejado mi prima Elena para que me lo fotocopie, para eso he venido, por si tú querías, no, aunque aún no ha salido la convocatoria, por ley tienen que sacarla antes de marzo pero ahora dicen que la sacarán antes de finales de abril, es decir, dentro de dos meses más o menos, yo sí me lo voy a fotocopiar para estudiar poco a poco, es que el examen, según me ha dicho mi prima, es tipo test pero muy pejiguero, ella ya se ha presentado dos veces, ¿entonces las vas a hacer tú también?, pues vamos a una copistería que me han dicho que son a 3,5 ptas., ¿te refieres a nuestras oposiciones?, pues no sé, no tengo muchas ganas, si hubiera alguna posibilidad de hacer algo, pero con los interinos es imposible, no, sólo constato un hecho, ya sé que tú te vas a presentar y tienes mucha ilusión, pues adelante, además si recién empaquetado de la universidad no te presentaras a tus oposiciones, sería para matarte pero te dejaría en paz, allá cada uno, lo que no puede ser es que siempre hayas relativizado la misma cosa a la que tú luego le das mucha

importancia cuando te ocurre a ti, parece
que descubras América sin pararte a recordar que el año pasado yo ya me iba a presentar después de estar estudiando cuatro meses y me pasó lo que me pasó, tío, no te
mosquees, pero es que es exagerado, en lo
que sí tienes razón es en que no hay que pa-
sarse varios meses estudiando, yo si me pre-
sentara otra vez sería para saber cómo son,
me prepararía cuatro o cinco temas la última semana, no sé qué haré al final, hablando de todo un poco, dentro de dos sábados es
el día de Mesca, ¿no?, ¡hombre!, ¿lo de la
banda qué?, llamaré a ése que te dije que
toca en la banda de música, ¿y Chus va a venir?, está hecha una estudiosa, a ver si con
tanta filosofía se va a hacer comunista o algo
peor, no, Elia no creo que venga, sólo quiere
estar sola, no, es que entre nosotros no estamos muy católicos, desde hace tiempo,
pues no lo sé exactamente, sí, imagino que lo
notaste cuando fuiste a Alcoy, es que de verdad no lo sé, espero que no sea algo irreme-
diable, me moriría, y se quede en los problemas que surgen cuando te vas a vivir con
otra persona, aunque si no me quisiera no
habría aguantado un año viviendo juntos, sí,
un año ya, o quizá piense que ya ha llegado

la hora, sí, eso también es verdad, soy callaíco pero jodío, ¿cómo puedo dejar de pagar lo que sea con Elia, Vicente?, te he preguntado qué puedo hacer no que me cojas por los hombros, la gente puede pensar, y más con ese pelo tuyo, que somos pareja,

ton, una campanada, ¿serán ya las siete?, ton, ton, ton, ton, ton..., todavía son las seis, público en general, ¿os podéis creer que Alcoy es la ciudad del mundo que tiene más iglesias por número de habitantes?, yo no, pero podía colar si os dais una vuelta por sus estrechas y empinadas calles, das la vuelta a una esquina y aparece señorona o coqueta la morada de El Señor Jesús, creo que se llama, el que es amante de todas las hermanas monjitas, en el centro, al lado del nuevo Mercadona, donde estaba Simago antes de irse al garete, por donde ahora pasa la familia Monster Pérez comiéndose un pollo asado y tirando los huesos por el aire, hay un convento de clausura, y dicen las malas lenguas que si se cogiera pico y pala empezarían a aparecer a mansalva esqueletos de bebés de El Señor ése, ahí dentro debe de ser el rey del harén, y nosotros, bueno, más bien yo, con toda clase de obstáculos sociales y morales para hacérmelo con mi prima Elena, desde mañacos que nos tenemos ganas y yo creo que ha llegado el momento de que ya no se nos reviente la hiel, además es que está embarazada y ayer desprendía un morbo que no se pué aguantá, un fin de semana que su marido se vaya de viaje con el camión iré a visitarla a recordar cómo jugábamos a médicos y a ver qué pasa, ¿qué va a pasar?, nada de nada, entre que El Señor de antes no sólo ha querido joder únicamente él cuando se le ponga dura, sino que a los demás humanos nos ahogue el sentimiento de culpa si tropezamos con la tentación, y, lo más importante, que a Elia le haría daño, no voy a mover un dedo por que se caliente el asunto, pero si voy y nos bebemos unas copas y me sale una polla así de grande en la frente y su boca se transforma en una vagina chorreando, me roerán los remordimientos unos días, hasta que encuentre el momento menos cabrón y, suavemente, complicándolo como si no fuera yo, me oiga decirle a Elia que el sábado, cuando se fue al pueblo de sus tíos, me salió la vena de putón verbenero y ocurrió, entonces veré cómo se hace un ovillo con una tristeza muy antigua, y yo al quedarme vacío ya de remordimientos, no podré sentir nada más en ese momento, menos mal que siempre me paro en la fantasía,

estoy confuso, te quiero pero no podemos seguir así, y con esto no pretendo decir nada definitivo sino que, estoy confuso, cada dos por tres discutimos, si no has metido el pan en el congelador y se ha puesto duro discutimos, si no te he hecho el recado que me has pedido por favor discutimos, hemos discutido tanto que, aunque estemos un par de meses sin hacerlo, cuando volvemos a caer, parece como si esos dos meses también hubiéramos peleado todos los días, por eso a veces no sé si eres tú, muchas veces no te reconozco y siento que vivo con una extraña, y tú no eres una extraña, eres la persona de la que estoy profundamente enamorado, la persona por la que daría mi vida si hiciera falta, pero a veces un día te veo unas antenas zumbantes, otro unos bigotes muy largos y gelatinosos, y otros te observo bajar la escalera delante de mí y tus piernas son dos patas en forma de sierra, en esos instantes estoy a punto de salir corriendo, pero poco a poco puedo reconstruir tus rasgos humanos, aunque cada vez me cuesta más, el día del pastel de costo me fui porque incluso tenía pánico de dormir contigo, de que al día siguiente me hablaras y no fuera tu voz, de que me tocaras y sintiera asco, no sé qué nos pasa, ¿es que el amor deja de serlo así?, ¿es que nuestros sentimientos no tienen más fuerza que nosotros?, ¿es que esto es un sucedáneo del amor?, no sé, estamos confusos,

hoy que no va Jaime a la guardería quiero que sea un día tranquilo, uno de ésos en los que no pasa nada y por eso parece que estés dando la vuelta al mundo sin moverte de tu habitación, ponerme hasta el culo de gandulería y dejar la mente en blanco, tumbarme sobre mí mismo y conseguir ese punto en que estás medio despierto y medio soñando, ... alejándome del repentino ruido de platos que Sergio inventa en la cocina a las ocho de la mañana y que parece que haga aposta, enseguida terminará, me digo, no, me pregunto, pienso en darme una paja para relajarme y abstraerme del mundo terrenal, pero las manos de goma de Sergio no me dejan concentrarme, me tapo los oídos y ni así, cuando quieres un día tranquilo hay un terremoto y cuando te apetece bailón te come el aburrimiento, aunque a lo mejor no cuento los días en que todo sí sale bien y parece que los malos son muchos y más simbólicos, lo cierto es que me está poniendo los nervios de punta punki, me estoy socarrando vivo y me está sacando de mis casillas todo a la vez, sería muy americano convencerle con una recortada, y quizá un pelín exagerado, y más si se tiene en cuenta mi blandenguería de carácter, aunque dicen que los mansos topan, y digo yo, y cómo topan, de frente y sin contemplaciones, que a veces parece que he guardado, miga a miga, toda la fuerza del K.O., así que cuidado conmigo, y tú Sergio tururú sobre todo, que salgo y te armo la de San Quintín y me quedo más ancho que largo, glis, glas, crack, mecagoendiós, no me puedo contener más, le voy a meter un puro, ¿qué ha pasado, Sergio?, ¡ah!, ¿te ayudo a recoger los cristales?, no, no me has molestado, no, no estaba durmiendo, estaba perreando, ¿no me necesitas entonces?, ¿no?, pues vuelvo a mi perrería, ¿dos vasos y un plato?, no te preocupes, no importa, lo mismo me hubiera podido pasar a mí, oye, y a ver si quedamos ese sábado pendiente, ¿mañana?, entonces cuando tú puedas, ¡hasta luego!, me hubiera podido pasar a mí pero no me ha pasado, aunque soy torpe no llego a tanto, se me ha olvidado preguntarle si de una puta vez se iba a ir a algún sitio, vete ya Sergio, por favor, que me juego el papel en esta historia, que de ser bueno a malo no hay ni dos líneas y mi equilibrio emocional chirría por los cuatro costados, yo me digo que es casi imposible que descarrile con todo lo que estoy poniendo de mi parte, pero a veces sólo es necesario que alguien rompa dos vasos y un plato para que ese todo se haga añicos y me transforme en uno de ésos que encierran en los manicomios, porque si me despego a cierta distancia y el sol no me da de cara, me veo un poco grillado, menos mal que escribo y eso me desahoga, que si no a más de uno le habría cortado el cuello, o sea, a mí mismo, porque como el marido de la panadera bigotuda no soy capaz de matar ni a una mosca, si pudiera creer mucho en Dios o en la asociación de ornitología de mi barrio, seguro que podría retardar el delicado mecanismo de la bomba que va a estallar de un momento a otro, pero ¿cómo se ha activado en el día que me prometía más tranquilo de los que van a venir?, si hoy me meto con todo cristo, me monto mi habitual autopsicodrama que compré en un todo a cien y hago una campaña proamericana, no quiero ni imaginar el pitote que voy a organizar en el resto de fragmentos de la serie, categórico, ¿vivo dentro de una burbuja de la que no puedo salir y nadie puede entrar?, quizá es lo que les pasa a todos, pero sin darse cuenta o querer darse cuenta, incluso el cabrón de Sergio, que se ve que en su mundo interior se friega mucho recién levantado, algún trauma de la infancia que le habrá marcado,

Pedro, todo va de puta madre, no tienes fiebre porque ya no puedes ser invisible, pero sigues tocado del ala, ayer de nuevo te empezó a picar todo el cuerpo y quisiste aguantar sin rascarte, no pudiste, te rascaste y te salió un sarpullido de presagios, ¿qué significan?, ¿te tienes que dar cuenta de algo?, ¿influye en algo no saber pronunciar la erre hasta los doce años?, baja a la tierra y deja de hacer más el ridículo, si Elia se deshace entre tus manos no sigas mirando fijamente el flequillo de la presentadora del telediario como si nada, ¿que no ves que su cabeza en forma de amor está a tus pies y la acabas de pisar y no te has estremecido?, ódiala por lo menos o, cuando salgas de la anestesia y sea irremediablemente tarde, no te justifiques diciéndote que lo que ha ocurrido es sólo que eres un seco tirando a arisco no porque no vieras nunca besarse a tus padres, sino porque ya no lo podrías ver, date prisa y ternura o el sarpullido se convertirá en un inmenso grano de pus en la mejilla con el que no te quedaría más remedio que sucio volverte a encerrar dentro de ti mismo, y pese a que Elia te tocara a la puerta dándote otra oportunidad, tú te harías el sordo para siempre, sus sentimientos te esperarían 137 días, pero al 138 se irían para no volver nunca más, y con una empanada en la cabeza más grande que el amor que le tienes, por más que le diera vueltas no podría explicarse que un picor pudiera llegar tan lejos, un simple picor, yo tampoco,

abuelo, aún estoy vivo y coleando, y si fuera un cabrón, ya habría jodido a más de uno, pero mi gran fallo es que no puedo ser otra cosa que gilipollas, quiero decir, no, lo de joder no va por ti, que no, aunque te aconsejo que no saques el tema que me pongo a hurgar en la herida y acabamos hechos unos eccehomos, es como el Cristo de Jumilla de Salzillo, cuando se me mete algo en la cabeza, ya sabes, que nadie me lo puede sacar ni con sacacorchos, entonces soy la Cabeza Obsesiva, es uno de mis personajes, otro es el de Prófugo Impotente, y el tercero el de James Mason de la Mentira, durante mucho tiempo no supe qué hacer con ellos y me llevaron por el camino de la amargura, pero eso se acabó, toda mi imaginación desperdiciada en el pasado ahora la aprovecho con lo de escribir, pues de los tres con quien disfruto más es con James Mason de la Mentira, por ejemplo, me lo paso pipa al pensar que, pese a que todo el mundo va a creer que aquí todo parecido con la realidad no es pura coincidencia, yo verdaderamente miento que me orgasmo, abuelo, pero esto es un secreto, uno como ése que tú y yo sólo sabemos aunque los demás lo conozcan, ¿estabas ahí, abuelo?,

¿cómo que qué hago aquí?, ¿tú qué crees?, sí, es eso mismo que estás pensando y que estoy haciendo ya, ¿quién nos va a ver?, ¡eh!, que el que tiene un ojo incluso en la nuca cuando sale a la calle soy yo, me muero por besarte, mis labios te besan y te besan y te besan, y tú me besas y me besas y me besas, y me muerdes la oreja y el cuello y yo te cojo impaciente la cabeza con los dedos surcándote el pelo, y otra vez mis labios te besan y te besan y te besan los rasgos de la cara para que no te pueda confundir con nadie, así, acaríciame así, con suavidad y lenta y lenta para que no acelere todavía más y, al quitarte el jersey, no pase de largo sobre la sonrisa inocente de tus hombros, más lenta, que ya estoy cayendo a metértela y he pasado de largo sobre la sonrisa inocente de tus hombros y el misterio de tu ombligo, no, no me dejes que te abra de piernas y seas sólo un agujero en el que desciendo y desciendo hasta hundirme insaciable, tampoco oigas que tocan a la puerta y rescátame con tus pezones en punta, y después que tus senos detenidos encajen perfectos en mis caricias, sí, así, pero abrázame un poco más que cuesta mucho, si sigues pronto estaré arriba para volver atrás, ya falta poco, casi, ya está, ya tengo

139

la sonrisa inocente de tus hombros y te beso y te beso y te beso sin labios y no corro el peligro de no ser yo, y tú me besas y me besas y me besas como siempre, y ahora me bajas la cremallera y me metes la mano para que tus senos detenidos encajen perfectos en mis caricias, y de verdad encajan, y entonces te aprieto el culo y te acerco a mí, tan pegados que somos inseparables, que casi no oímos que la de antes insiste como una amenaza en interrumpir el amor que estamos recordando para que no se nos olvide nunca, nunca, así, medio desnudos, mirándonos en el espejo del lavabo, follando salvajemente para creer que aún podemos reconstruir los puentes rotos, ¿no, Elia?,

Sergio, ¿te vas ya?, espera, que tengo que decirte una cosa, como vienes tarde y te vas temprano no he podido decírtela, nada, que el otro día vino una chica que te buscaba llorando y gritando, ¡ah, ya lo sabes!, ¿y allí en medio de toda la clase te montó el número?, pero ¿al final acabó bien la cosa?, sí, conmigo tampoco atendía a razones, estaba fuera de sí, yo creía que le daba un soponcio, sí, un

mal rato sí que pasé, yo le decía, tranquilíza-
te, y además no está, y ella te empezaba a in-
sultar, tranquilo, que de mi boca no va a salir
ni mu, no, si a mí no me tienes que explicar
nada, si la has dejado porque te has enamorado de otra me parece muy bien, eso ocurre, pero no hace falta, si no quieres, claro,
que me lo digas, no, no es por eso, es que parece que te estés disculpando,

Jaime, ¿qué quieres?, ¿comer?, toma esta ga-
lleta, no quieres, ¿entonces agua?, tampoco,
no sé lo que quieres, a ver si te has cagado,
no, estás limpio, ya sé lo que quieres, bandido, bajar al patio, ¿verdad?, pues venga, ven,
Jaime ven, ven, por aquí, espera, espera, no
pongas el turbo, ¡hala, a correr!, ¿no quieres?, ¿qué te pasa?, ¿con tu novia no te va
bien?, ¿la posibilidad del trabajo en la librería se ha esfumado como las otras?, ¿ni aunque te maten ganas un puto concurso?, tranquilo, hombre, todo se andará, ¡y una
mierda!,

estoy mirando al techo para no verme, y es que doy pena con ese sombrero de paja conjuntado con mi camisica moderna, pero anda que Vicente, con esa melena parece la Laura Ingels de La casa de la pradera, y el pedazo de humanidad que está delante tapándonos es Mesca, que tiene cara de chotis recién levantado, es que hace unas dos horas que Vicente y yo hemos ido a la estación de tren a recoger lo que queda de él después de seis años en Madrid, queríamos darle la bienvenida con una banda de música, pero por circunstancias ajenas a nuestra búsqueda insistente no ha podido ser, y ahora aquí estamos, calentando motores con cervezas de Continente en la casa de Mesca, y a falta de bombo y platillo el hijo pródigo lleva ese sombrero mejicano que le hemos regalado, es que cuando él venía a Moros y Cristianos..., bueno, es una larga o corta historia que no viene a cuento, al grano, tengo una comezón de emborracharme, y de hablar, y de bailar, de pasármelo bien con mis amigos, ¡ah!, una cosa antes del pistoletazo de salida, esta foto la amplío, ésta es la que voy a ampliar, ¿brillo o mate?, pues no sé, ¿cuál me aconseja usted?, ¿brillo?, pues mate, ya está, ya podemos ir a hacer gimnasia a cualquier barra de bar, porque lo de apuntarse a un gimnasio, idea peregrina pensada a dúo por mis acompañantes, es menos probable que acertar en la primitiva, no digo que no se vaya a dar pero..., no se puede obligar a hacer hazañas en tiempos de paz, aunque como no quiero tragarme mis palabras, no sé cómo andan de remodelación interna, a simple vista, uno de nosotros sigue en sus consabidos trece, y a lo mejor al recién llegado aún no le ha dado tiempo, es alguien que sólo conociendo de vista a esa tía dice que es apestosamente neutra, sí, esa tía te parece neutra a ti y a lo mejor lo es, no sé, pero ¿quiénes somos nosotros para juzgarla tan sentando cátedra y con tantas toneladas de asco?, ser tolerante y comprensivo como meta, sí, me escucho, es lo que me hace reflexionar que uno puede opinar sin animadversión sobre lo que ve aderezado con lo que imagina, pero no, prejuzgando, lo que imagina aderezado con lo que ve, porque luego las apariencias hacen que vivas engañado, en fin, de esto es lo que hablamos, como veis, con unas ganas demasiado afiladas para ser sólo de un pueblo, de esto hablamos pero no sé si escuchando sólo lo que queremos oír, y es que, ¡coño!, un pelín de autocrítica mezclada con whisky no vendría nada mal al panorama, que uno no es un iluminado que tiene la razón como Anguita y los demás son plebe, no, no es cuestión de joder la noche con luchas intestinas, pero así no vamos a ningún sitio habitado como éste, sólo contesto porque me han preguntado, que estaba fuera de mis planes ser aguafiestas, no, no me refiero a ti, Vicente, sino a quien le toque el plom, unodostrescuatrocincoseissieteochonuevediezoncedocetrececatorcequincedieciseisdiecisietediecieochodiecinuev001eveinteveintiunoveintidosveintitresveinticuatroveinticincoveintiséis y veintisiete, a mí, me estaba machacando a mí, si hay que ser valiente para desmontar todo el tinglado personal y hacerlo de nuevo, pues hay que ser valiente, tampoco tenemos que darnos demasiada importancia, venga, otra ronda, ¿qué queréis?, tres cervezas, Heineken, no, por favor, ¿no tienes Mahou?, mamones, sólo hay Cruzcampo, ponlas, pues a mí me contaron uno el otro día, dos putas están solas en un velatorio hablando del muerto, pobrecito, ha muerto desangrado en medio de la carretera, sí, me han dicho que el coche ha quedado hecho polvo, la primera, Justine, pues me han dicho que con los muertos te vuelves loca del gusto, ¿lo probamos?, la otra, Elizabeth, no, Justine, venga, que de sólo pensarlo ya me he puesto a cien, Elizabeth, yo no, además tengo la regla, Justine, yo también, pero no pasa nada, Elizabeth, que no, pues yo sí, con el morbo que da, y entonces Justine, lo monta y empieza a gemir, ¡ah!, ¡ah!, ¡ah!, ¡ah!, y la otra se pone a tono, por fin Justine termina, maravilloso, ha sido maravilloso, y Elizabeth como una desesperada se tira sobre el muerto, ¡ah!, ¡ah!..., y de repente éste se levanta y la puta grita, pero ¿no estabas muerto?, y el muerto dice, sí, pero con la transfusión de sangre que me habéis hecho, es bueno, ¿eh?, ¿otra ronda Mesca?, después tenemos que ir a bailar a la discoteca de marujas, ¿eh?, que no, Vicente, que no tengo un mal rollo contra ti, pero es que eres negativo en todo, o dicho de una manera positiva, eres, perdona, Mesca, ahora te hacemos caso, eres un eterno insatisfecho que quiere exprimir a conciencia la realidad y no se conforma con nada, ahí queda eso, pues hazlo contigo y no quieras, como yo, imponerlo a los demás, no le des más vueltas, yo hoy quería escribir sobre lo bien que lo pasamos el día de reencuentro con Mesca, ¿te acuerdas cuando Mesca se puso a cantar con el Antoñín en El Paso?, ¡ay, cuánto visio, cuánto visio por el orifisio, y yo sin ofisio!, venga, vámonos a cenar al chino y después vamos a El Paso a que lo cante, Mesca, ¿hace el chino?, claro que pagas tú, estate tranquilo, venga, va un brindis, por el millón de pelas que te ha dado Carmen Alborch por el guión, Mesca, ¿sobre qué va?, ¿Durruti el anarquista?, ¿dos años documentándote?, tío, primero lo del corto de La última semana, y ahora esto, sí, me ha gustado, es muy ingenioso y me he reído mucho con el humor negro que tiene, respira encanto, déjalo ya, Vicente, te estás poniendo pesado, que tú no vas a ser el malo de la novela, ¡joder!, tío, te quiero mogollón, pero a veces te pones insoportable, te sale la mala leche y asfixias, además casi siempre crees que llevas la razón, mira, el cabrón del Mesca, ya ha pasado a la acción con aquella pelirroja, ¡menudas tetas tiene!, y cómo se las ordeña con la mirada, sí, como yo, es que desde que ha llegado la primavera estoy más salido que una esquina, sí, que va en serio, voy por la calle y se me van los ojos detrás de todos los culos y tetas que se me cruzan, el otro día me excité tanto con una tía en el autobús que nada más llegar a casa me di una paja, no te he dicho ya que estoy salido, ¡hostia!, y no te digo nada de las treintañeras que van a recoger a sus hijos a la guardería, me pongo negro, me da un morbo, y anda que algunas no tontean ni nada, no vuelvas a lo mismo, por favor, Vicente, ya sé que no fue el día de Mesca cuando ocurrió nuestro encontronazo sino ayer, y que precisamente ese día los tres, después de tener ciertos distanciamientos, nos reencontramos de alguna manera, así lo sentí yo, pero por eso mismo lo he metido en ese día, porque refleja simbólicamente que a veces tu forma de ser no puede dejar de sacar las cosas de quicio y eso ahoga a quien está a tu lado, lo llevas en la sangre, lo llevo en la sangre, porque no nos morimos desangrados y dos putas, de paso que nos lo pasamos bien, nos hacen una transfusión de sangre nueva, nada, que al final no me has dejado contar la fiesta que nos dimos, a cabezón no hay quien te gane, ¿no?, pero ¿es que no me hablas?,

552 49 00, ¡hola!, sí, llamaba por el mozo de almacén que buscaban, ¡ah!, ¿y cuándo estará el encargado?, vale, entonces mañana

por la tarde llamaré, 552 49 00, ¡hola!, sí, llamé ayer y me dijeron que llamara hoy, es por lo del mozo de almacén que buscan, ¿mañana?, vale, 552 49 00, sí, ¿está el encargado?, es que he estado llamando por el trabajo de mozo y me dijeron que hoy estaría el encargado, ¿cómo que hasta la semana que viene no está?, toctoc, ¡hola!, buscaba al encargado, no, para unos pedidos de telas que le quiero hacer, no, prefiero hacérselo a él personalmente, vale, espero, ¡hola!, mire, no vengo a hacerle ningún pedido, es que he estado telefoneando por el anuncio que pusieron y me han estado dando largas, y lo que quiero saber es si de verdad buscan a alguien o si lo tienen ya por qué no lo dicen, es que ya llevo varios días detrás, sí, claro que tengo ganas de trabajar, no, no tengo moto, no, ya no tengo menos de 25 años, no, nunca he trabajado en el textil, ¡ya!, que no doy el perfil, ¿no?, pero esos requisitos también los podrían poner en el anuncio o decirlos por teléfono, claro, se sobreentienden, bueno, pues nada, ¡eh, espere!, tampoco podría trabajar por las mañanas, no, por nada, para que lo sepa, yo todavía no aparezco en la pantalla, es mi padre riñéndome por no venir a la hora con mi madre al fondo llorando y una voz en off dice, desde entonces tienen que tomar antidepresivos, ¿más?, ahora aparece Vicente tirándose desde un trampolín a una piscina, ¿cuál?, y la voz en off dice, no tiene ilusión por nada, ahora es Elia durmiendo desnuda la siesta, ¡qué buena está!, y la voz en off dice, su vida no puede dejar de ser un infierno, y por fin aparezco yo, escribiendo esto, ¡qué ojeras!, y la voz en off dice, si Pedro no se hubiera saltado todos los momentos de dar la cara nada de esto hubiera ocurrido, ya sabes, las imprudencias no sólo las pagas tú, Dirección General de Relaciones Personales,

Elia, tamborilea con los dedos, duérmete viendo una película y pregúntame cómo ha terminado y confúndela con la de ayer, haz lo que quieras, incluso habla con parsimonia infinita, hazlo y ya verás, venga, no tengas miedo, no sé cómo decírtelo, hace dos meses que me dijiste lo de si seguimos así y ya estoy curado, bueno, aún no, pero muy pronto,

¿no has notado una sensible mejoría?, tú me ayudarías mucho si confiaras más en mí, ya sé que otras veces he tenido recaídas, pero sabía que tú no te ibas a ir, que te quedarías a mi lado, sí, era un cerdo egoísta, ahora tú me has hecho verle las orejas al lobo diría la gente, yo digo que me has quitado la venda que tenía en los ojos y también algunas telarañas, tengo que aprender pero no sé qué, siempre he creído saber, era mentira, claro, qué tenían que aprender los demás y ahora yo no tengo ni puta idea, intuyo que será hacer añicos todas mis cobardías para dejarme llevar, sin mis espesas comeduras de coco, por los sentimientos que hasta ahora te han buscado y, pese a que estabas delante de mis narices con la alegría en una mano y en la otra la sencillez, no te han encontrado, ya sé que es una frase larga y complicada, pero es que por ahora sólo sé lo que no tengo que hacer,

Vicente, te escribo, porque lo que te voy a decir me es más fácil decírtelo primero por carta para luego hablar sobre ello, es algo que quizá te suene a chino, pero es una crítica que espero que comprendas sobre aspectos asfixiantes de tu carácter, empiezo, ¿no ves que conmigo ya tengo bastante para que tú cargues más las tintas?, si voy que no me mantengo en pie y tú no paras de empujar, ya me dirás qué negocio vamos a hacer entre nosotros, ninguno diría yo, así que, por favor, cada vez que te dé la mano no hace falta que me dobles el brazo para decirme que me quieres, yo te quiero incluso doblándomelo, pero sin doblármelo dejarías de ser mi enemigo número dos, y es que no me dejas otra salida para seguir con mi vocación de tambalearme sin caerme, ¿tú no tienes bastante contigo que necesitas más víctimas para el sacrificio?, yo con Elia lleno mi cupo, pero tú a quien ves le hincas el diente, desde el primer día que te conocí me dije, voy a tener problemas con la Guardia Civil, buen coleguica me he buscado, si los demás ven la botella medio llena y yo la veo medio vacía, tú la ves vacía del todo, por eso siempre andas pidiendo cervezas sin parar, ¿eh, borrachín?, tú siempre le das una vuelta de tuerca a las cosas a las que yo ya les he dado una vuelta de tuerca de más, y así no puedo yo, es un ritmo demasiado fuerte incluso para mí, es como leer a Cioran pero en vivo y en di-

recto, ¿y nosotros quiénes somos?, sólo somos unos chicos de barrio que de pequeños
iban juntos, bueno, juntos no, aún no nos co-
nocíamos, al cine a ver películas de Kung Fú,
¿no?, entonces no empujes y ponte a la cola
o cuélate pero sin empujar, otra cosa que te
tengo que decir, confesar, es que siempre he
tenido un complejo de inferioridad con res-
pecto a ti, y que poco a poco lo he ido com-
batiendo como he podido, no ha habido
nada más eficaz que imaginarte en calzoncillos, un vistazo a las florecitas o telefonillos
era demoledor, el metro y pico que ya no so-
bresalías, pero que tú conseguías estirando
el cuello subido en alto, se quedaba en nada
cuando te quitaba el taburete y te pegabas el
batacazo como todos los mortales, aunque
hundido en el fango siguieras creyendo que
habías llegado a Madrid cuando los demás
aún íbamos por Albacete, por eso te reco-
miendo que no hay nada como imaginarse a
uno mismo en calzoncillos estampados para
bajarse los humos,

Vicente, soy Pedro, ¿no recuerdas que dijimos que hoy iríamos a correr la vaca?, anda,

baja, creía que no ibas a venir, como no me has dicho nada de..., a Mesca lo veremos ya allí, quería recogerte solo por..., sí, ya debe de haber empezado, corre, Vicente, que viene la vaca, Mesca si puedes métete en ese portal, daos prisa que viene, corred, corred, ¡eh, déjame un sitio en los barrotes de la ventana!, ¡eh, que me quedo sin sitio!, ¡eh, que me quedé!, ¡madre mía, que me pilla!, si me estoy quieto, ¿no ves que no me muevo, Mesca?, pero es que tengo los cuernos a un metro, imagino que ahora será unos de esos momentos en que los que no creen rezan, sí, llámala, ¡vete vaca!, que no se quiere ir, Vicente, llámala, que va a pegar tal cornada a nuestra amistad que la va a dejar moribunda, quítate la camisa roja que te regalé y llévatela lejos, tan lejos que no sepa volver, Mesca y yo te esperamos en el bar de la esquina, venga Vicente, que ésta se arranca y nos vamos a echar de menos toda la vida, yo, por lo menos, hablemos cuando tú quieras pero pronto, que se va a romper el hilo que nos une al secreto, aunque no sé qué significa ojalá sirva para que no atufemos más a despedida, venga, llévate a la vaca, que me está mirando con mala leche, ¿no?, ¡pues que se joda la vaca!, yo voy a ir a abrazarte, no dejes el cuerpo muerto y abrázame tú también, así, amigo mío, ¡vaca, vaca!, aquí estamos, ¡uf!, ha pasado rozando, ¡qué rato más malo!, ¡y qué vértigo de perderte!, déjadme que me siente, que estoy temblando como un flan, sí, reíros, reíros,

todo es tan grande y pesado que cuando me defiendo parece que esté matando dinosaurios con tirachinas, dinosaurios porque pertenecen a un pasado muy remoto y quizá no existan, pero que los siento al afeitarme por la mañana y los llevo todos los días en la herida que me hice en la barbilla y no se me cura nunca, en verano si voy a la playa con el agua del mar y el sol se me suele difuminar, pero a partir de septiembre y hasta bien entrada la primavera tengo la sensación de que no pasa el tiempo, de que soy igual que el de las fotografías del primer año de instituto, me miro al espejo y me veo aquel horrible pelucón, aquellas gafas de culo de vaso y la ropa criminal que me compraba mi madre y me hacía ya viejo, mirad, si hasta tartamudeo con la misma inseguridad, eso sí, algo he aprendido, ahora huyo y me oculto dentro

de mí con menos brusquedad, más sutilmente, aunque más cansado, incluso agotado de
estar toda la vida matando dinosaurios con
tirachinas, por eso, hablando de dinero, no
puede ser otro el título,

cojo el 4B, y cuando se me escapa escalo un
poco y subo al 3, la gente que baja la calle me
mira como si estuviera de la chaveta, pero es
que la cuesta se las trae y hay que darle una
pizca de animación a levantarse a ciertas horas crueles, el barrendero me tiene fichado,
no sé por qué pero es verme y ponerse a ba-
rrer alegremente, ¿me verá triste?, como la
ratita presumida, una ratita presumida con
bigote mejicano cantándome enfrente de la
parada del autobús, mientras, yo me quito
las legañas, doblo el bonobús después de
leer no doblar y tarareo por lo bajo a coro en
homenaje a la paz entre los hombres de buena voluntad, si tarda un poco el autobús ya
se vuelve pegajoso y miro insistente hacia la
esquina a ver si se asoma ya el morro de la
masa anónima, hoy no porque ya está ahí, ¿a
ver qué conductor me toca?, ¡hombre!, si es
Jesús Hermida, también hubiera podido ser

Nicolas Cage u otro que no se parece a nadie y le presto menos atención, no tico, que es una palabra muy fea, sino que meto el bono en el aparato ése y hace click, y miro la hora en el reloj de enfrente, siempre la misma, quizá esté parado o quizá lo esté yo, y entonces es cuando me digo lo mismo de todos los días, pero es que es idéntico a Jesús Hermida o a Nicolas Cage o al que no se parece a nadie y le presto menos atención, por fin arranca, sin dejarme despedirme hasta mañana de mi barrendero ruiseñor, y subimos más para arriba, de aquí al final del trayecto aún quedan unos cinco minutos calculados, hoy los dedico a mojarme del paisaje humano que se me cruza, y más si tienen tetas con pezoncitos, me imagino que son timbres, ring-ring, ¡hola!, ¿puedo pasar a tu entrepierna?, si estás casada, tranquila, todo el mundo tiene fallos, yo, por ejemplo, tengo sólo una pierna y no soy cojo, ¿lo coges?, ¿sí?, ¿dónde vives?, si quieres me disfrazo de butanero o fontanero y nadie, ni las brujas de tu escalera, se van a enterar, ring-ring, venga, abre, no seas así, que dentro de dos paradas bajo y no he desayunado, y es que de culo, aunque estás sentada y no tengo ni tiempo ni inocencia para ir idealizando al personal, tampoco andarás mal, mira qué te digo, haces bien, no aparento nada del otro mundo, y, además, para que te enteres, paso ya de ti, ha llegado mi parada y me he acordado de que Elia también tiene timbre y habrá tipos como yo a mansalva, ¡hostia!, la Guardia Civil, sí señor, soy Pedro Oncina Rodríguez, ¿detenido?, ¿por insumisión?, pero si ya estoy haciendo la objeción de conciencia, ¿cómo que eso a ustedes no les importa?, pero si estoy haciéndola casi cinco meses, pero si tengo todos los papeles, pero si..., menos mal que sólo ha sido la pesadilla de esta noche, ¡qué mal rato he pasado!, me veía ya en la cárcel, ¡hola, Jaime!, no sabes qué alegría me da verte, ¡madre mía, qué sueño tiene hoy!,

el de la flauta me va a pedir y ya verá, le va a salir el tiro por la culata, no, no llevo dinero, ¿que soy de los vuestros?, ¿de qué vuestros?, sólo te veo a ti, no insistas, no llevo ni un duro, si no te lo crees regístrame, no, yo tampoco te hubiera dejado, si vieras, de verdad, las ganas que tenía de beberme una cerveza fresquita después de ver la cola que había para contratar a dos descargadores en Mercadona, pero me meto la mano en el bolsillo y vacío vacío, entonces, fíjate, tío, como un gilipollas compruebo a ver si tengo, sabiendo que no, un agujero, ¿no es de gilipollas eso?, lo que yo te decía, y es que no me vendría nada mal una cerveza fría del bareto de la esquina, 100 miserables pesetas, ¿a 125?, ¿dónde?, no vayas más ahí, que el apestoso ése es un ladrón, pues en ese bareto de la esquina, Bar Pepe se llama, a 100, ¿sabes?, a 100, oye tío, ¿tú de dónde eres?, y de Tarragona has venido aquí, ¿y cómo lo llevas?, sí, está jodida la cosa por todos los lados, pero con la flauta sacarás para ir tirando, ¿no?, sí, yo también estoy harto de bocadillos, sobre todo del salchichón, ése que es goma pura, donde esté una cerveza bien fría que quite las penas que se vaya a la mierda todo lo demás, ya, ya, casi igual que yo, como no pague el alquiler este mes me tiran a la calle, claro, siempre hay algún colega que tiene un rinconcillo, oye, ¿el tuyo tendría alguno para mí?, tío, te comprendo, sí, sería tener demasiada cara por tu parte, no, no te preocupes por mí, oye, ¿me das 20 duros para una cervecita congelada?, ¡gracias chavalote!,

¡hola, Elia!, ¿no me preguntas de dónde vengo?, ¿no?, ¿no te sorprende que siempre esté aquí cuando vienes de trabajar y hoy no?, ¿te pasa algo, Elia?, ¿sólo cansada?, pues mientras te duchas te hago algo de cenar y luego te acuestas, no, no era nada, que da lo mismo, ¿de verdad quieres saberlo?, vengo de hacer negocios, sí, tengo trabajo, y me siento raro, incluso nervioso, no, no, es lo de siempre, dar clases, pero no sé, estoy acelerado, a ver si a partir de hoy me salen más alumnos, no, sólo dos, a ti te van a renovar el contrato, ¿no?, menos mal, son los hijos de una profesora de la guardería, al mayor le daré Latín de 2.º de BUP y quizá Literatura y al pequeño de todo un poco, va a 7.º y se ve que no da ni golpe, así que mi misión suicida será empujarle a que estudie y haga los trabajos resolviéndole las dudas que tenga, no, no les voy a dar las clases aquí, iré a su casa, bueno, aunque ellos querían en su casa, yo podría haberles hecho cambiar de opinión, pero prefiero dar clases en otro sitio, así salgo de estas cuatro paredes, además viven a cinco minutos, no sabía qué decirles sobre el precio, y al final les he dicho a 1.500 ptas. cada hora y media, sí, las clases van a ser de hora y media y me han dicho que por lo menos daré tres a la semana a cada uno, parece una miseria, pero no está mal a 1.000 ptas. la hora, además no me tengo que preparar nada, el latín es lo mío y lo otro será muy básico, si me salieran dos o tres más cobraría un buen sueldo para lo que es el trabajo en sí, lo que pasa es que ya estamos a finales de abril, casi mayo, y quizá sea un poco tarde ya, en el verano a ver si consigo a mucha gente, claro, éstos podrán decírselo a los de su clase y a sus amigos, por fin tengo trabajo, esto sólo es el comienzo, ahora todo va a ir mejor, y también, Elia, entre nosotros, ¿no dices nada?, lo entiendo, estás cansada y no quieres pensar nada ahora, pero reconoce que desde hace un mes o dos algo ha cambiado, ¿no lo reconoces?, vale, vale, ahora no, ¿te vas a duchar entonces?, pues yo mientras te hago una ensalada de arroz,

¿qué haces aquí, Vicente?, sí, tenemos que hablar, espera que deje el gato y nos vamos por ahí, es que lo he llevado al veterinario a caparlo, sí, le había entrado el celo y daba unos maullidos que acojonaban, de verdad, ¡eh!, bueno lo dejo y bajo, ya, ¿vamos a un parque de ahí arriba donde hay césped?, pues vamos para allá, ¿te has enterado de lo de Correos?, ¿no?, el otro día llamé a mi prima Elena porque ya era mayo y no había salido nada, y va y me dice que este año parece que no va a haber, que las van a congelar, no, sólo los había hojeado, pero las llevamos claras, ¿eh?, éste es el parque, ¿a que da gusto tumbarse?, ¿a que está mullido mullido?, pues nada, lo de la carta es algo que te quería decir hace tiempo, pero nunca me he atrevido, sé que he sido duro, ¿demasiado?, sabes que me cuesta un montón decir las cosas, lo que te he criticado me ha ido corroyendo por dentro poco a poco y por eso me ha salido a lo bruto, tienes razón, no puede ser que me pase algo y me lo calle, eso lo jode más todo, lo sé, pero quizá también me he atrevido a decírtelo porque has cambiado un poco y te veo más relajado, no, no son justificaciones o no sé, lo que intento explicarte es que tú siempre has tenido un toque de intransigencia que no me dejaba respirar, Vicente, que no son imaginaciones mías, lo he pensado mucho y no es cuestión de que tú seas más lanzado y yo retraído, no de que tú tengas las cosas más claras o lo parezca desde fuera y yo sea más dubitativo, es que vas a tu bola y arrollas, sí, no niego que yo en parte me he dejado avasallar y también tengo, por así decirlo, la culpa, lo reconozco, aunque el que se lleva los palos no pone la cara para que se los den, por lo menos, yo no, claro, los dos establecimos la relación así, pero quién se ha quejado, quién no está contento de cómo la tenemos montada, tú no, ¿y por qué tú no, Vicente?, déjame que te conteste ahora que estoy lanzado, porque vas a la tuya y no te paras a pensar en los demás, en que soy distinto, a veces he creído que no me conocías, eso sí, siempre he sentido que me quieres, por ejemplo, que el día de la vaca vinieras, a pesar de estar enfadado, fue genial, yo en tu lugar no hubiera podido, no soy tan vital como tú, bueno, otro día hablaremos de tus cosas buenas, hoy toca ponerte verde, Elia, que Vicente no está escondido para darte un susto, no te he dicho que se ha ido a Valencia a ver a Chus, que de verdad que no está, ¿ves como no?, ¿es que ya no crees nada de lo que digo o hago?, sí, hemos hablado, pues nada, que le ha dolido mucho y que a partir de ahora vernos nos veremos, pero que no sabe cómo ni de qué manera seremos amigos, también es normal que esté confuso, ¿no?, oye, que te estoy preguntando si es normal que esté confuso, nada, que yo le he dicho que por mi parte estoy más unido a él después de esto, él no ha dicho nada, después lo he acompañado al autobús y se ha ido, no ha querido quedarse, dice que Chus le estaba esperando a cenar, no sé, ni me has escuchado, ¿eh?, no sabes ni lo que he dicho,

no niego que he tenido la tentación de pisarte el cuello dos o tres veces, pero ¿a que no te has dado ni cuenta?, por lo demás todo va bien, ¿no, Elia?, por lo menos no va peor, digo yo, aunque parezca que estemos estancados y no pase nada, ¿por dentro de nosotros no sientes un cosquilleo?, sí, muy débil, pero que casi nos empuja a hacer el amor otro día, ¿no?, ¿es que ya no me deseas?, desde la última vez que follamos salvajemente en el aseo para creer que aún podíamos reconstruir los puentes rotos, ni siquiera me has rozado, sólo una noche, dormida, no me diste la espalda y me abrazaste, he pretendido no sé si castigarme o cumplir la promesa de no darme una paja hasta que tú me la chuparas como sabes que me gusta, pero no he pedido, tú seguro que no has pensado en eso, aunque, tampoco, digo, habrás podido dejar de pensar del todo, si no por qué no te desnudas delante de mí o por qué sólo te pusiste una vez la falda corta que te regalé, tú antes no eras tan taciturna sino abierta y dicharachera, ¿te he convertido yo tan indiferente como eres ahora?, si es así, no me dejes estar un segundo más a tu lado, déjame ya, pero antes dame la oportunidad de devolverte la alegría que te he quitado, de hacerte feliz, o si no nunca podré perdonármelo,

abuelo, con Durruti y dos soldados más ibais a entrar a un pueblo de Zaragoza, no me acuerdo ahora del nombre, a ver si había quedado alguien vivo después del rodillo de los nacionales, antes desde un monte cercano estuvisteis un rato observando por si se trataba de una trampa, y cuando por fin Durruti decidió que había llegado la hora, te mandó como avanzadilla, miraste en las dos primeras casas y nada, tampoco en el pozo, al lado yacían muertos una mujer con su hijo y su hija pequeños, la hija con el camisón desgarrado, que se parecían mucho a tu mujer y a los hijos que ibas a tener después de la guerra, oíste un ruido, te asustaste y te escondiste en la que pudo haber sido tu casa, pero por la ventana viste que sólo había sido un gato herido que arrastraba las tripas por el suelo, creíste que era el gato de tu tía Herminia, blanco con una mancha negra en la cola, fuiste a matarlo para que no sufriera más y un moro te mató a ti, sólo tenías 26 años, los mismos que yo ahora, y pudiste haber sido tú o incluso yo, no sé, abuelo, no sé qué quiero decir, será mi personaje Cabeza Obsesiva,

que me ha dicho un tío que sabe, aunque habrá que comprobarlo, que el que sale en La ardilla roja, el marido de María Barranco, es Karra Elejalde, ¿dónde dices que te tengo que pagar una cena, Vicente?,

el más pequeño de los dos hermanos a los que les doy clase es de los mansos que topan,

programa su mirada tímida, te dice a todo
que sí, es decir, te lleva a su terreno sembra-
do de nobles sentimientos, y cuando ya te
tiene en sus manos, te jode, Moisés, ¿por qué
no has hecho los deberes?, son los que te
puse el lunes y me dijiste el martes que harías el miércoles y hoy jueves aún no has hecho, ¿te estás riendo de mí?, no te rías de mí
o te voy a partir la cara, que yo, aunque con
pinta de bocado fácil, también soy de los
mansos que topan,

pasan unos farreles cantando por la calle en
esta noche de primavera sin tener yo nada
especial que decir, acaso que ojalá este instante se eternizara y mañana nunca llegara,
sería todo un detalle por la autoridad, como
es de mal gusto ser incrédulo cuando el sol
está en todo lo alto y transparenta las menti-
ras que dan más el pego, porque no dura
siempre un ladrido a lo lejos, los televisores
a todo volumen y el murmullo sinuoso de
una conversación en un portal, así no sería
tan difícil seguir creyendo en algo frágil,

¿Jaime?, papá, ¿has sido tú quien me lo ha preguntado?, ¿no?, sí, sí, has sido tú porque lo digo yo y lo necesito, no, papá, el padre no tiene que hacerse respetar y por eso no expresar sus sentimientos, puede ser que sea lo que te han enseñado, pero no es así, además la debilidad se te sale por todos los lados, como a todos por otra parte, sí, por donde menos creerías tú, ahora sí quieres que te lo cuente para escurrir el bulto, ¿eh?, pues sí, Jaime ya me mira a veces y me hace más caso, ¿autismo?, algo así como que no entiende lo que le decimos y él tampoco sabe expresarse, vive en su mundo interior, ahora ya hace algunos gestos para decir cosas, pegarse con la palma de la mano abierta quiere decir que tiene hambre, también sabe pedir agua, es igual que nuestro gesto de beber, a veces lo confunde con el de comer y al no darle el vaso de agua se pone nervioso y se tira de los pelos o me quiere morder, no, no es agresivo de pegarse cabezazos contra la pared, al principio más, si no estabas al resto te daba unos mordiscos, aunque parezca que no, estar con los demás mañacos le ha ayudado mucho, quien está tiempo sin verlo se queda boquiabierto, si lo hubieses visto hoy, no es que jugara con los demás como

167

nosotros lo entendemos, pero sí estaba entre ellos, y sobre todo Priscila o Carles le intentaban meter en sus juegos, Concha, la profesora, ha educado muy bien a la clase y es una maravilla ver la naturalidad con que lo tratan, el otro día una de las mañacas, Sara, celebró el cumpleaños en su casa, pues la madre de Jaime lo llevó y se quedó alucinada de lo integrado que está, incluso se le caían las lágrimas al contármelo, que no se sabe qué les pasa, mi teoría es que una cigüeña-ovni se equivocó de planeta y los pobres tienen tal empanada mental que no se aclaran, sí, es duro, pero, papá, dile a mamá que si alguna vez os lo cuento, no diga pobrecico, no, no habla, ¡qué va!, sólo repite algunos sonidos que le refuerzo, por ejemplo, kakakaka, 4 años, sí, lleva pañales y los llevará bastantes años más, lo que le vuelve loco es el agua, alcanza el éxtasis, mamá, no digas pobrecico, no hay que ser blandos con él, compadecerse de haber tenido un hijo así, sino asumirlo con toda la alegría y sentido del humor que se tenga para sacar de debajo de las piedras, los padres que le han tocado en suerte a Jaime son un ejemplo en esto, tener un hijo así quema mucho, yo sólo estoy por las mañanas con él y acabo como

acabo, pero de nada le sirve al mañaco po-
nerle mala cara, además, inevitablemente,
poco a poco le vas cogiendo cariño, hasta
que te das cuenta de que estás enganchado,
¡es tan indefenso!, no lo veo un día y me falta
algo, ahora está aprendiendo a decir adiós
con la mano,

Vicente, anoche Mesca y yo lo pasamos de
puta madre, ¿dónde estabas?, en Valencia
con Chus, ¿no?, no lo sabía, pasamos por tu
casa y no había nadie, ni tu abuela, fuimos a
un bareto nuevo que han puesto por el centro, La Borrachería se llama, es guitarrero a
tope, aunque con un toque demasiado nirva-
nero, ¿no, Mesca?, pero bien, se puede
aguantar, y nada, el Mesca y yo estuvimos
toda la noche hablando de sus cortos, tío, la
cosa fue de piñón fijo, no había forma de
cambiar de tema, incluso cuando se puso a
chapurrear inglés con unas chavalicas dane-
sas que estaban de intercambio, no soltó su
personaje de director de cine, por cierto,
¡qué complejo de treintañero me entra cada
vez que voy de marcha!, los bares están lle-
nos de mañacos, pero, eso sí, por lo menos

169

están vivos, si no acuérdate de la vez que fuimos con María José a aquel bar que nos llevó, pese a que tenían nuestra edad parecían nuestros padres, ¡y qué cutrez!, ¿te acuerdas de que antes de que se nos pegara algo, dejamos a María José en aquel cementerio y salimos pitando a El Paso a pedirle al Antoñín Septiembre de Los Enemigos?, creo, y fíjate lo que te digo, que nunca me ha llenado tanto una canción, y eso que a mí la música, como sabes, no me vuelve loco, por eso debe ser que ayer, Vicente, en un momento dado de la noche, con una buena bufa encima, ¿a que sí Mesca?, me llegué a identificar tanto con los chavalicos que bailaban a lo burro que creí que aún estaba estudiando 2.º de BUP, eso fue antes y después de sentirme muy viejo, y de echarte de menos,

Mesca, no me pidas más cerveza, pero si llevo ya por lo menos ocho, lo que necesito es bailar y soltar adrenalina y después irme a chafar la oreja, venga, ¿vamos a la discoteca de marujas?, tío, estás ciego de culo de vaso, lo mejor será irnos a tu casa, pero ¿cómo quieres que me vaya yo solo a tu casa?, ¿y quién te abre después?, yo sobao no me despierto ni con un terremoto, por cierto, sabes que terremoto en valenciano se dice terratrèmol, suena como su significado, terratrèmol, ¡cómo me gusta esa palabra!, ¿a la discoteca entonces?, pero si no pagamos ya, ¿eh?, son las seis, les decimos que les consumimos y nos dejan entrar, ¿dónde estabas?, ¿cómo que no he bailado nada?, llevo dos horas en medio de la pista, ¿con la de la falda larga te lo has hecho?, pero si ésa seguro que está casada y tiene hijos, claro, ¿no ves que es una despedida de soltera?, venga, vámonos ya, ¿ahora lo vas a intentar con la amiga?, pues dame las llaves, no me queda ni un duro,

si abres la puerta de tu casa y te encuentras a Sergio y a uno de sus alumnos masturbándose entre sí en el salón, ¿dices buenas tardes y te vas o como si nada te sientas en la mecedora de al lado a leer el libro de cabecera de Sergio, Esto es lo que me tira aunque me mienta?, yo he dicho que aproveche y no se han reído, si se llegan a reír ya me hubieran confundido, porque entonces no hu-

171

biera sabido si yo era el que tenía que desnudarme o ellos vestirse, yo con estos asuntos me hago la picha un lío, soy un sentimental que por nada me emociono, pero los demás no me entienden, salen corriendo,

tu velatorio parecía unas 24 horas de futbito, cuando entré ya empezado la abuela me dijo, ya no vas a visitar más al abuelico, y, para no llorar, pensé que si nos reuníamos todos juntos después de muchos años es porque enseguida ibas a venir a decirnos otra vez que habías comprado un campo con una sola casa, pero que con la ayuda de todos construiríamos dos más para que cada hijo en el futuro tuviera la suya, aunque había algo raro porque la construcción de las dos casas significaba que la familia siempre estaría unida y nos llevaríamos bien, y era todo lo contrario, mi padre miraba con odio al tío Paco y yo no sabía por qué y la abuela no se quitaba de la boca a su nuera y eso, se quiera o no, te toca los cojones, sí, mi madre también estaba, ¡qué preguntas haces, abuelo!, aunque era ya de madrugada gente que no conocía de nada venía esporádicamente a

172

borbotones, cuando alguien me daba el pé-
same yo, pese a que intentaba reconocerlo,
no lo lograba, pero por educación me calla-
ba y no les decía, si quiere que le dé algún
recado a mi abuelo, pensé que sobre todo
aquello podría escribir una obra de teatro,
no porque lo pareciera sino porque lo podría
ser varios meses después, cuando te murie-
ras no de pega, habrías brincado, como dices
tú, dos ataques al corazón por qué no ibas a
hacerlo con un tercero o si me apuras con un
vigésimo, vigésimo es veinte, veinte es cinco
dedos de una mano cuatro veces, ¿ya?, por si
acaso, para no creerme que el que estaba mirando tras el cristal eras tú, me salí fuera,
adonde los hombres fuman y hablan sigilo-
samente de futbito mientras las mujeres están con sus cosas, y ahí me dejé llevar por la
ingravidez de las conversaciones que no
eran de futbito, ninguna, pues estaba harto
de ver tantos partidos y un respeto inexplica-
ble me obligaba a hablar sólo de toros, que
era lo que a ti te gustaba, ellos de futbito y yo
de toros, ellos de futbito y yo de toros, al final desistí y me dije, voy a recordar, pero no
pude, acababa de llegar de Alcoy y yo soy
lento para cambiar de programa en cosas
que me pillan de improviso, aunque tecleaba

la tecla con un dolor de estómago por un bocadillo de morcilla que se parecía a la tristeza, nada, por más que lo intentaba no lo lograba, deducción, como no estaba en tu velatorio sino en unas 24 horas de futbito, y ya que mi madre me dijo que le trajera a la abuela su chal rastrero, fui a ver si estabas en tu casa viendo las telenovelas, sí, de noche, ¿qué pasa?, mi padre me dio un balonazo al ofrecerse al aire a bajarme, pero lo encajé bien por las circunstancias anormales, hasta le dije en el trayecto que iba sin luces, no te digo nada más, pues ya allí cogí de la percha de la entrada el chal y se lo di a mi padre para que se lo subiera a la abuela, no, no me dijo nada, creo que es la vez que más complicidad y cariño hemos sentido los dos, y enseguida volví a encontrarte durmiendo con el brasero encendido, sí, con el brasero ya a finales de verano, la verdad es que hacía frío, me dije, no sé si será por la nieve de la tele o por el miedo repentino que me pone de rodillas y llora con mis lágrimas,

Elia, si me dices que estás cansada y que no tienes ganas de hablar, es que yo también estoy cansado y, a pesar de que tengo ganas de hablar, con tiento dejo las cosas correr porque tú las dejas correr, si tú andas de puntillas, yo te pido las cosas por favor, por favor, Elia, dime como antes que quieres un hijo para decirte que no, y no te preocupes, llevaré cuidado cuando te gaste una broma y no te rías como siempre como una catarata, aunque te vea ese dolor gris en tu risa no encendida, haré todas las payasadas que me sé, sí, la de imitar a Chiquito de la Calzada también, y quizá entonces me empiece a reír sin venir a cuento y tú dejes que te contagie, Elia, no me mires con esa tristeza disfrazada de dulzura, que me veo reflejado como el bicho ese de antenas que decías que a veces te parecía, yo no soy ése ni tú tampoco eres ésa que lo veía, dime al oído que aún me quieres y no se lo diré a nadie, sólo lo sabremos tú y yo, no pasa nada porque necesite como el pan de cada día irme con mis amigos y emborracharme, ¿no?, si ahora mismo, bueno, ahora no, cuando vengas esta noche, nada más entrar por la puerta te llevara con dos toneladas de palabras de amor a la cama, ¿tú qué harías?, tranquila, no lo voy a hacer, si me rechazaras se abriría una grieta que ahora sé que está, pero que la tapamos como po-

175

demos con la inercia de los recuerdos, ¿te acuerdas cuando fuimos a Gijón y te emborrachaste y, como no podía arrastrarte, dormimos en un coche de choque?, ya sé que no debería mirar hacia atrás, pero cómo lo hago hacia adelante si por más que lo intento, amedrentado, siempre tengo la sensación de que me tienes en cuarentena para observar si he cambiado lo suficiente,

Ricardo, el hermano mayor de Moisés, aunque parezca que se come el mundo y se las da de listillo, tiene menos personalidad que un mosquito que ve todo el día la tele, Ricardo, ¿a qué hora hacen el partido del Barcelona?, ¿y Expediente X?, ¿y Lo que necesitas es amor?, ya le puedes preguntar el programa más desconocido que se sabe su horario, al chaval, la única salida profesional que le veo es de programador de televisión, sí, acabará BUP, COU y hará Derecho, pero lo suyo será la televisión, si hasta graba la clase en vídeo para verse luego entre el Telecupón y otro programa, siempre, ¡eh!, tiene un soplo en la cabeza, seguro, un paseo solo a las tres de la mañana de un día de junio por la ciudad purifica, las calles son corrientes que te llevan a lugares por los que has pasado miles de veces, pero que sólo te fijas ahora, son como espejismos porque si mañana pasaras, aunque fuera de noche y a la misma hora, el lugar ya no sería el mismo, aquel bar sería una tienda de lencería, la cabina telefónica estaría en la otra acera y no habría tantos árboles en el parquecillo, todo cambiaría menos algo que es inmutable, por eso vengo aquí ya varias noches, para descubrir dónde se esconde ese Wally particular, anteanoche creí que era el color de aquel edificio de la esquina, anoche que en vez de tres había cuatro bancos en el parquecillo, y hoy, hoy ya creo saber lo que no cambia, ¿no es que Elia no se da cuenta de que me levanto de la cama a las tres de la madrugada a dar un paseo y luego la beso desesperado?,

Mesca, soy Pedro, ¿qué, desde el último día has ganado otro concurso?, sí, lo he leído,

177

pues algunas cosas sí me gustan y otras opino
que se te quedan cortas, que no las desarrollas,
sobre todo el personaje de Durruti, pero ya te
hablaré con más tranquilidad este fin de semana, por eso te llamaba, para decírtelo, oye,
¿Vicente está en Elda o en Valencia?, pues no
he podido dar con él, dile que voy este fin de
semana, ¿Elia? pues no sé, vale, le diré que
quieres verle el pelo, ¿qué?, lo que más me ha
gustado es la frescura que tiene, pero ya hablaremos, tío, es que por teléfono ya me dirás, ¿lo
de la vuelta al hogar cómo lo llevas?, ¡hombre!, imagino que te costará adaptarte de nuevo a vivir con tus padres, no sé, no sé, no te veo
yo que te vayas a quedar mucho tiempo por
Elda, ya, pero, aunque no tengas visto nada
por ahí, tú eres de coger la mochila y a trotar
mundo, ahora es como si, no sé, a lo mejor me
equivoco, estuvieras disfrutando de unas me-
recidas vacaciones, ¿no?, ¿anoche miércoles
te emborrachaste?, ¿y también anteanoche?,
¡joder!, ¡qué ritmo que llevas!, bueno, ya hablamos este fin de semana, ¡que te jodan!,

que de la risa me caigo de la silla, abuelo, ¿es
verdad lo que pasó en la misa de aniversario

nuevemesina?, no lo puedo creer, esto es otra prueba de que España es demasiado surrealista para ser europea, y mi madre, por supuesto, de cómplice, no va a cambiar en la vida, los de tu sangre le sorbéis los sesos y ella más alegre que unas castañuelas, abuelo, no sé si mi madre es así por cómo la tratasteis, déjame, que no voy a por ti otra vez, es sólo un rollo mío, o todo le viene de nacimiento y vosotros le servisteis de potenciación, potenciación es que hicisteis más grande algo que ella ya tenía, y de coartada, tampoco sé si yo soy como soy por cómo me educaron mis padres o yo hubiera sido así de todas maneras, lo que sí sé es que si mi madre no quiere desengancharse del pasado, yo sí, no quiero ser más su esclavo, por eso hay tantos términos de guerra en la novela, sí, me dejo ya de sermones y vuelvo a lo de la misa, ¿por dónde íbamos?, ¡ah, sí! ¿y cómo fue?, me imagino que de lo más normal, pero ¿cómo?, es para haberlo inmortalizado en vídeo, allí los tres pánfilos que no se tragan entre sí dorándole la píldora a su conciencia y de paso a la abuela, porque a ti, abuelo, con tu filosofía actual todo esto te la rebufa, me gustaría saber todos los detalles, ¿de quién fue la idea, dónde, cómo, por qué y cuándo?, y todo porque la abuela es entre corta y agarrada, y los hijos de tal tronco tal bate de béisbol, entonces, entraron en la iglesia, se invitaron a sentarse en la primera fila y se cogieron las manos al empezar la misa del otro difunto, pero ¿qué sentían cada vez que el cura mencionaba el nombre extraño, el que no era tuyo?, ¿los buitres no tenían dinero para pagarte una mísera misa?, abuelo, desherédalos, que los desheredes,

Sergio, ¿qué tal?, sí, es verdad, nunca coincidimos, es que no se te ve el pelo, ¿te va todo bien?, ¡ah, claro!, ahora es época de exámenes, pues nada, a corregir y a suspenderlos a todos, ¿yo?, lo de la objeción y dando clases particulares, sí, a ver si me salen más para el verano, sí, otro día hablaremos más tranquilos, sí, cuando tú quieras, ¿un sábado?, pero ¿cuál?, vale, ya lo concertamos otro día,

que nadie piense que se me han olvidado mis padres, mi madre de vez en cuando me llama a la guardería y me pone la grabación del martirio de Jesucristo, yo la escucho porque en definitiva es mi madre, aunque ayer por fin decidí que, porque en definitiva es mi madre, no voy a dejar que dinamite mi veto de no ir a visitarlos y de no llamarlos con sus llamadas de la una, siempre justo en el momento en que me voy a ir, cuando me avisan a esa hora ya sé que voy a perder el autobús, por esto, porque estoy harto de esperar veinte minutos al siguiente autobús, y ya que este fin de semana voy a ir otra vez a Elda, hoy me he levantado y he decidido ser una persona adulta, lo que significa en términos reales que voy a coger el mango por la sarten, no está claro, ¿no?, lo que quiero decir es que voy a negociar una tregua por separado y conjuntamente, sí, de una puta vez voy a arrancar las raíces podridas de todo el silencio acumulado entre mi padre y yo y voy a hablar con él, así que, Mesca, dile a tu madre que ya no voy a dormir a tu casa cada vez que vaya a Elda, sé lo que estáis pensando, que ya era hora, sí, tenéis razón, he estado mucho tiempo obnubilado y engañándome a partes iguales, hace unos tres meses dejé entrever que no tenía que lavarme las manos más, pero hasta hoy no lo he visto claro del todo, ¡coño!, es que son mi madre y mi padre y da pena cómo son y cómo viven, que todos sus problemas sean ficticios y no sepan disfrutar de la vida es para llorar,

yo soy el lobo y persigo a los mañacos por el patio de la guardería, ellos gritan, se ríen y salen corriendo, a los que atrapo los cojo en vilo y les doy una vuelta en el aire, es el premio por ser cazados, quieren más, son incansables, pero ya es la hora de la siesta, los subo para que se aseen en sus lavabos que parecen de juguete, Concha ya le habrá cambiado el pañal a Jaime y estará listo para que lo recoja su madre, no, hoy seguro que vendrá su abuela, aún no está Jaime, venga, lavaos, ¿te haces pipí, Marcos?, no hagas el tonto y haz pipí, tú también Esteban, a la cola Elena, Lidia a la cola, Alejandro como vaya para allá, venga, y cuando terminéis os sentáis en el suelo, Marcos, ¿has terminado ya?, pues aquí, Aitor aquí al lado de Marcos, Carolina, ¿por qué lloras?, ¿te ha pegado Esteban?, Esteban, ven aquí, siéntate allí solo, sabes que si pegas no puedes estar con los demás, no se pega, ¿me vas a pegar?, ¿me vas a pegar a mí?, si me tocas te la cargas, avisado quedas, ¡Jaime!, ¿qué, tenías pastel?, sí tenía, ¿no, Concha?, en la comida ya he olido yo algo, Jaime di adiós a todos, adiós, adiós, vamos, ven, ven, siéntate, toma la mochila, toma, Carles, ¿qué haces aquí?, venga, dale un beso a Jaime y vete a dormir, Carles, ¿por qué no habla Jaime?, tienes toda la razón del mundo, porque Jaime es Jaime, venga, a dormir, Einstein, Jaime, mira quién es, la abuelita, bien, ha comido bien, hasta la fruta, hoy plátano, venga, dame un beso que te vas, muy bien, ¡hasta mañana!,

el tomate Orlando en Hiperber está a 7 ptas. menos que aquí, el atún Isabel a 15 y la mayonesa Hellmann's a 9, Continente es muy caro, teníamos que haber ido como siempre primero a Hiperber y después a Continente, pero mi mujercita se ha empeñado, aunque en Continente el aceite de girasol Koipesol es más barato, 12 ptas., y también el paquete de magdalenas Bella Easo, 24, y además los botes de coca-cola están de oferta, un paquete de 6 por 220, pero como te has empeñado, que no ves, papá, que te estoy imitando, ríete, ya sé que el día de compra es el viernes de 7.30 a 10, ni un segundo menos ni un segundo más, porque hay que cumplir el horario a rajatabla, y que no se olvide algo imprescindible como aquella vez del aceite, que si no hasta el viernes siguiente no se puede freír la carne o aliñar la ensalada, el paquete de galletas Napolitana de Cuétara en Hiperber vale 4 ptas. menos, pero seguro que en el Mercadona nuevo que han puesto por la carretera de Monóvar es todavía más barato, casi seguro, tenemos que ir, el viernes que viene primero vamos a Hiperber, luego al Mercadona nuevo y al final a Continente, eso sí, tendremos que comprarlo todo más rápido, ¡ooo!, papá, que ya hace rato que ya no te imito, mamá, ¿tú tampoco me escuchas?, en Continente el suavizante Vernel es 15 ptas. más barato y el paquete de salvaslip Evax 45, pero ¿es que tú usas salvaslip, papá?, ya decía yo que ese barrigón de embarazada era sospechoso, mamá, cómprate el salvaslip que te dé la gana y donde quieras y podrás escucharme, ¿es que tu marido, quiero decir, mi padre, te ha taponado los oídos?, ¿o te los has taponado tú sola y el ciego guía al sordo?, ¡eee!, que he tenido un accidente con la moto y estoy en la habitación 303 con la pierna rota, ¡por fin!, tranquilos, mamá, es que como, después de tanto tiempo sin vernos y este sentido del humor, no me hacíais caso, no llores, que no tengo moto, sí, como pan integral y comidas calientes, papá, da lo mismo que falten diez minutos para las diez, sí, era mentira, no, no quería asustaros, era sólo para que me escucharais, para que me escucharas, entonces no da lo mismo, entonces sí hay que darle importancia, deja ese paquete de papel higiénico y mírame, a mí qué me importa que valga 65 ptas. menos que en Hiperber y 43 que en el Mercadona nuevo, ¿cómo quieres que te lo diga?, ¿en chino?,

venga, un último esfuerzo, detrás de aquella curva está la meta, ¿no la ves?, da lo mismo, sigue, sigue y no flaquees ahora que no tienes nada que perder, si hubiera sido antes cuando todo parecía ganado sería diferente, pero ahora tienes que ir a muerte, date caña, reviéntate si es preciso, venga, que sólo te faltan menos de ciento y pico páginas de nada, aprieta los dientes y acelera, así, así, no, eso no, no cometas el fallo de mirar hacia atrás, siempre hacia adelante, ¡eh!, que tampoco te hundas porque todos los demás te pasen y te estés quedando el último, tú a lo tuyo, concéntrate y esprinta hasta tirar el hígado por la boca, así, pero cruza la meta, ¿no la ves?, está tras aquella curva, da lo mismo, sigue, sigue y no flaquees ahora que lo tienes todo a favor para ganar, si hubiera sido antes cuando todo parecía perdido sería diferente, pero ahora tienes que ir a muerte, sí, sí, lo he anotado todo, Induráin,

aquí vienen las cervezas, Elia, estas dos para Mesca y para ti, Chus la tuya, y la tuya Vicente, te la dejo aquí entonces, Chus, cuánto tiempo sin vernos, ¿y por Valencia qué tal?, pero ¿le das caña a lo de estudiar o qué?, ya, a ratos, ¿no?, pues yo bien, como siempre, ¿y la operación de los ojos para cuándo?, ¿medio año aún?, ¡joder!, sí que hay lista de espera y falta de vergüenza, ¡eh, vosotros dos!, ¿se puede saber de qué no os paráis de reír?, lleváis así por lo menos media hora, Mesca, ¿qué le estás contando?, Elia, tú hazle caso y ya verás cómo te come la bola con que te va a dar el papel protagonista de su próximo corto, bueno, me voy, me voy, Vicente, no estás muy hablador, digo, que no estás hablador, ¿vamos fuera?, pues a tomar el aire un poco, ¿no?, tío, ¿nos vamos a ese solar a pelearnos, nos quitamos el mal rollo y después entramos a emborracharnos o qué hacemos?, ¿sí?, ¡y una mierda para ti!, para que me partas la cara, pero si no tengo ni dos hostias, se me ocurre otra solución, que pienses que soy la pared y te pegas cabezazos contra ella y te desahogas, después, como aquella vez que bolinga chocaste contra una farola, te llevo a la Cruz Roja y, mientras te curan, nos damos un morreo, o si no, dime lo que sea y no te lo calles como yo, tú no eres de los que si les pasa algo no se les nota, nunca te había visto tan callado, tan abatido, y es triste, por eso me hago el gracioso, me hubiera gustado habértelo dicho de otra manera, pero ha sido así, lo siento mucho, ¿comprendiste mis críticas?, espero que no pienses que voy contra ti, ¿cómo voy a ir contra ti si me regalaste una película porno a los 16 años?, a partir de eso sólo puedo quererte, sí, quizá lo que necesitamos es tiempo para no sentirnos tan sucios como ahora, porque tú también sientes que nuestra amistad está manchada, ¿no?, todo se encauzará de nuevo, ¿cómo iba a poder ser de otra manera?, sí, entremos,

Green Day, nada, que son Green Day y me gustan, Chus, Chus, no, estábamos fuera, ¿y Elia y Mesca?, pues yo voy a decirles que me pidan una cerveza, ¿tú quieres algo, Vicente?, Chus, ¿y tú?, entonces un calimocho y un gin-tonic, ¿no?, vale, ¡eh!, ¿aún os estáis riendo?, pero Elia, ¿qué te cuenta este manolo?, pues ve al aseo, que sí, Mesca, que nosotros pedimos, anda, ve, Elia, en serio, ¿de qué te reías tanto?, hace tiempo que no te veía reírte así, sí, será eso, es que yo siempre he sido un soso,

voy a comprar el periódico para desayunar dos accidentes de avión, una matanza en un pueblo de Bosnia y a ver si cae también un terremoto, todo eso con mucho cola-cao para hacerme fuerte e ir soportando como pueda la cochina indiferencia en la que caigo, sí, con los amigos de algo indignante hay que hablar entre una cerveza caliente y la siguiente fría o paso y me pido un vodka con naranja, pero de eso a mover el culo, desmoraliza estar cansado de no hacer nada, te hunde más en el sofá o un día inspirado te da por hacer poesía en la silla en la que te duele la espalda, así pareces un herido de guerra, uno de tantos, pero con una tirita en el cuello, que ha quedado a las siete para calentar motores por las tascas, una buena bufa purifica, sales como nuevo, limpio y resplandeciente, incluso si has mezclado te llevas de propina una resaca con la que parece que estés jugando al escondite contigo mismo, yo cuento ochenta sin encontrarme y Vicente y Mesca ya tocan al timbre para irnos a tomar el aperitivo a Pemán y empalmar con anoche, ya allí se me aflojan las piernas y empiezo a levitar de sólo una caña, más tarde, cuando Mesca pide tres tanques, tan pronto o tarde, no sé, yo oigo, sí, ya oigo a mi madre decir que tanto tiempo sin ir a Elda y hoy voy y no como, no, que no estoy malo, bueno, Mesca, Vicente, a las siete por las tascas, mamá, que no estoy malo, y no lo digas otra vez que quiero ser educado, es que hace mucho calor y no tengo ni pizca de hambre, ¿ya empieza el telediario?, entonces sí comeré algo, mamá pásame ese atentado de ETA y también algunos niños de Somalia o Ruanda, me da lo mismo, ahora vengo, ¿que dónde voy?, dónde voy a ir, a vomitar, segundo asalto, papá, no te vayas, quiero hablar contigo, ¿a mí qué me importa que sea la hora de tu café en el bar?, ayer ya fue la hora del supermercado y mañana será la hora de no volver a mirarte a la cara jamás, tranquilo, Pedro, no cojas carrerilla, nada, me estoy hablando a mí mismo, papá, ¿es que no crees que tenemos que hablar?, ¿entonces a ti te parece normal que estemos siete meses sin dirigirnos la palabra, qué digo, sin ni siquiera vernos, y que actúes como si no hubiera pasado el tiempo?, ¿es que eres feliz así?, ¿de mí sólo?, y de ti también, y de la mamá, la culpa, si hay culpa, es de todos, además, ¿de qué sirve la culpa ahora?, lo que no podemos es seguir así, no somos animales, tú eres mi padre y yo soy tu hijo y te quiero, sí, claro, si no no estaría aquí y no te estaría hablando después de estar tanto tiempo mudos y sordos, no te pongas a llorar de repente en medio de la noche llamándome, sí, lo sé, pero no te sientas traicionado, eso me hace quererte más, y sal de tu caparazón, ¿no puedes?, papá, ¿no ves que estás enfermo?, sí, igual que hay enfermos de un dolor de barriga también los hay que les pasa algo en la cabeza, no te estoy diciendo que estés loco, lo que te digo es que te ocurre algo, no me digas que a ti no te pasa nada porque eso es la primera prueba de que te pasa algo, ¿es que no lo ves?, ¿tan ciego quieres estar?, papá, tienes que ir a un psicólogo, y tú también, mamá, venga, sal de detrás de la puerta y ven, siéntate aquí, los dos necesitáis un psicólogo y tenéis que ir, yo os acompañaré, nada, no me digas otra vez que a ti no te pasa nada, que me voy y no vuelvo más, mamá, ¿tú vas a ir?, pero te pregunto a ti no a él, ¿no puedes decidir nada por ti sola?, ¡qué pregunta he hecho!, si no me has ido a ver ni una sola vez a Alcoy, entre uno que se marea si va más allá de Continente y la otra que deja que sea su marido el que le elija los salvaslips, buen equipo me he buscado, ¿qué hago con vosotros?,

venga, Elia, sal, ¿por qué no vas a salir?, anímate, venga, no te hagas de rogar, ¿sí?, ¡qué bien!, a las siete para ir a las tascas, como quieras, entonces a las diez en El Paso, ¿no?, sí, he hablado con él, nada, no entra en razón, es un cerrado, y luego mi madre un cero a la izquierda, he tenido que explicarles las cosas como si fueran mañacos y ni así, por lo menos he hablado con mi padre, la última vez creo que fue viendo un partido de fútbol del Barcelona en la tele, él dijo algo y yo no le entendí y le pregunté, y entonces él me respondió, nada, que ha sido gol, sí, muy..., ¿ya están ahí Mesca y Vicente?, ¿es que qué hora es?, ¿las siete ya?, ¡hostia, si me tengo que duchar y afeitar!, bueno, te cuelgo, ¿quién toca a la puerta de mi castillo?, oye, me falta un poco, ¿subís o quedamos por las tascas?, vale, por allí nos vemos, media hora o así, ¡eh, siento llegar tarde!, es que ha venido mi abuela y me he entretenido, ya vais animaícos, ¿eh?, ¿dónde has quedado con Chus?, ¿cómo que no va a salir la Chusa?, pero ¿es que le pasa algo?, no es que no le apetezca, es que somos un coñazo, a ver quién es el guapo que nos aguanta, siempre estamos hablando de literatura o de cine, si hiciéramos un grupo de música nos llamaríamos Los monotemáticos, pues con Elia he quedado en El Paso, así que no la machaquemos mucho, la pobre ya tiene bastante conmigo solo como para que la cojan por banda dos más, sobre todo tú Mesca, que te va el paripé de director, ¿qué te crees, que en el futuro van a hacer de tu casa un museo?, si eso ya es de otra época, sí, pero con una calle sí que sueñas, venga, jódeme cariño, vamos para El Paso ya, ¿no?, Antoñín, ¿qué tal?, sí, lo de siempre, ¿el Darta se ha roto las piernas?, si no tiene moto, ¿de quién habláis?, ése es su primo, no, no lo sabía, pero ¿ya está bien?, ¿sí?, ahora lo duro será la rehabilitación, Mesca, ¿dónde vas?, Vicente, ¿dónde va?, ¿tan temprano y ya va a probar si cae alguna?, ¡ah!, ¿con ésa que sale ahora del aseo?, ¿cuándo se lo hizo?, ya, Mesca, ya hemos visto que no te ha hecho ni puto caso, ¿y los del Ministerio sí te lo han hecho o tampoco?, ¿cómo puede ser que un tío con varios premios importantes no pueda rodar?, si a ti te cierran el camino, qué harán conmigo y con éste, es para deprimirse, ¿entonces quienes ruedan son los enchufados?, claro, si todo queda entre amigos, es una mafia, ¿eh?, sí, en la literatura igual, si no mira El Europeo y toda la pesca, van de independientes y son un gueto, Mesca, ¿de esto también vas a hacer un corto?, Vicente, ¿cuántos cortos ha hecho ya esta tarde?, pues nada, éste el cuarto, ¡eh, que viene Elia!, vamos a hablar de otra cosa, ¡hola!, ¡qué guapa!, ¿quieres algo?, ¿queréis algo?, ¿cerveza?, ¿y Vicente?, Vicente deja de ligar y ven, ¿te pido otra?, no, la pago yo, no que la pago yo, pero si te quiero invitar, luego me invitas tú y ya está, ¡joder!, déjame que te invite, no es nada del otro mundo, si es que te quiero invitar, tampoco es una carrera, invítame tú,

si han aprobado todo mis dos alumnos, por qué no tienen amigos que hayan suspendido, y si no tienen amigos que hayan suspendido, por qué no me dice nada la cocinera de la guardería para trabajar en la prometida heladería de su hermano, y si no me dice nada la cocinera de la guardería para trabajar en la prometida heladería de su hermano, por qué no se lo pregunto la sexta o séptima vez, y si no le pregunto la sexta o séptima vez, por qué además Sergio se ha ido sin avisar con tiempo del piso, y si además Sergio se ha ido sin avisar con tiempo del piso, por qué vamos a tener que pagar nosotros solos los meses de verano hasta que venga, si viene, algún estudiante con granos en la cara, si vamos a tener que pagar nosotros solos los meses de verano hasta que venga, si viene, algún estudiante con granos en la cara, por qué, en vez de rebotarme no sé cómo, lo asumo estoicamente igual que siempre,

nunca he salido de España, y eso se nota en
la manera de hablar, cuando soy ignorante,
porque meto la pata hasta el fondo, y cuando
lo soy menos, porque me da tiempo a sacarla, y, claro, con una desventaja así, diría
hándicap si hubiera ido al extranjero, dónde
voy a ir yo, aunque me sepa las capitales de
todos los países del mundo y chapurree un
inglés de garrafa, lo máximo a que puedo as-
pirar, y si sale la maldita convocatoria, es a
ser cartero, lo que pasa es que por una vez en
mi vida no me conformo, fijaos, estoy por tener otra vez menos de 26 años y no volver
nunca,

abuelo, ¿sabes de qué me acordé el otro día?,
del fantasma que me decías que vivía en la habitación del fondo del campo, me decías que
era bueno y que no tenía que tener miedo de
dormir allí, y no discuto que no fuera bueno,
lo que sí te puedo decir es que no pegaba ojo,
por eso luego me dormía en cualquier sitio,
no porque tuviera anemia, ¡qué va!, si a mí

ahora me resbala todo eso, tengo más miedo a los vivos que a los muertos, no, te lo he dicho porque..., lo que pasa es que el otro día, fue una tontería de mi imaginación, se me apareció el mismo fantasma, no, nunca lo había visto, era la primera vez, pero no podía ser otro, por eso, como entonces, te llamé, abuelo, abuelo, tengo miedo, me puedo acostar con vosotros, pero ya no me respondiste,

toco al timbre y no hay nadie, ¿cómo va a haber alguien si Elia está trabajando y yo me he puesto el pantalón corto al bajar de la guardería?, toco otra vez sin quitar el dedo del timbre un buen rato, pero ¿cómo puñeta voy a entrar con el truco del carné de identidad si nunca lo llevo?, parece que mi subsconsciente quiere castigarme por algo que he prometido y no cumpliré, la culpa la tiene el imbécil de Correos, si no fuera porque mandar el paquete por Seur cuesta un pastón, no le hubiera suplicado a ese hijo de puta, ni al principio tenía que haberle entrado de víctima, por favor, que es para un concurso y hoy es el último día, sí, pero es que no he podido

venir antes, además aún faltan cinco minutos para las dos, a mí sus costumbres, como
comprenderá, me importan poco, hay un
horario de servicio al usuario y usted hasta
el último segundo tiene que atenderme, ¿qué
tonterías dice?, mire, le estoy hablando con
educación, pero poco a poco me está subiendo una mala leche que como me quede sin
enviar este paquete se le cae el poco pelo que
tiene, ¿entiende?, y el gandul por fin ha entendido, pero voy a denunciar a Correos por
desgaste de la poca energía que tengo aho-
rrada, porque ésta no es la primera vez ni
mucho menos, cuando pueden y cuando no
se escaquean que es un primor, norma de la
casa, así vamos, y así voy yo, aunque siendo
congruente, para no tergiversar más las cosas, el funcionario de certificados con una
camisa a rayas y un pantalón de panilla ma-
rrón como percha de una mirada de sapo, no
tiene nada que ver con mi destino de este
día, pero sí, porque una de las funciones im-
plícitas de los trabajadores públicos es ejer-
cer de chivo expiatorio, así que, mamón, tú y
sólo tú eres el culpable de que con sólo cinco
duros, por una parte, me esté empezando a
imaginar la desértica vergüenza que se senti-
rá la primera vez que se pide dinero para co-

mer y, por otra, me esté dando cuenta de lo
ficticia que es mi soledad de ahí arriba,

nada, que estaban tres mañacos en la guardería, sí, de 3 años, eran de la clase de Jaime,
pues estaban los tres jugando a la pelota en
el patio y van y me empiezan a calentar, venga, chuta, y al rato, venga chuta otra vez, a la
tercera domino el balón con la derecha, me
interno en el área, regateo a Marcos, le hago
un túnel a Carles y, sin saber cómo, Esteban
me roba la cartera, aburrido insisto y les quito la pelota, me interno en el área, ahora por
la banda derecha, regateo a Marcos, le hago
un túnel a Carles y, sin saber cómo, Esteban
me roba la cartera otra vez, me pico y de un
manotazo le arranco la pelota al bravucón
de Esteban, me interno en el área, por la
misma banda, regateo a Marcos, le hago el
túnel a Carles y, en el momento justo en que
Esteban va a meter la pierna, sabiendo cómo
y comprobando que los profesores no están
mirando, le doy una patada con todas mis
fuerzas, llora con tanto desconsuelo que
creo que le he roto la pierna, los profesores
vienen corriendo, nada, que se ha resbalado

y se ha dado un coscorrón, ¿de la pierna?, pues se habrá doblado el tobillo, ¡a ver!, Esteban, no seas quejica, que no te has hecho nada, y ahora, Elia, viene el colofón, pese a que me rehuía, lo he cogido en brazos, le he limpiado las lágrimas y le he dado un chicle,

ya sé que es viernes y debería estar en la guardería, ¿aún estáis con el pijama?, venga, vestíos, que vamos al psicólogo, sí, al psicólogo, he quedado a las doce así que daos prisa, pero ¿por qué me miráis así?, ¿es que tengo algo en la cara?, papá, venga, aféitate y vístete, y tú, mamá, te podías poner la blusa granate y esa falda blanca que te vi el otro día, pero ¿es que estáis sordos?, ya veo que, por lo menos, mudos no estáis, lo que me digáis por un oído me entra y por el otro me sale, así que no perdáis más tiempo con excusas, no admito un no por respuesta o si no ya no me veis el pelo más, y esta vez no os hagáis ilusiones de que lo voy a incumplir, lo que voy a hacer ahora es bajar a la esquina y esperar hasta las doce, después ya no estaré, os quedan cuarenta minutos, ¡hasta ahora!,

Vicente, Mesca, ¿qué hacéis en los recreativos?, ¿a vuestra edad no os da vergüenza?, esto no tiene ni pies ni cabeza, no tiene lógica, si con tantos botones y tantas pijerías no os vais a enterar, nosotros somos del futbolín, da lo mismo que probéis todas, como no le pidáis consejo a uno de esos críos no vais a dar pie con bola, ¿os rendís?, ya os lo decía yo, ¿dónde me esperáis?, ¿en La Borrachería?, pedidme una cerveza fría nada más entre por la puerta, ahora no, allí me diréis que habéis ido a los recreativos y que a partir de meter la moneda por la ranura ya no sabíais cómo seguir, y, en cambio, los mañacos eran maquinicas, y yo os diré, sobre todo a ti, Vicente, si no sabemos jugar a las naves espaciales, qué vamos a enseñarles a estos extraterrestres, estamos a millones de años luz de ellos, tanto como nuestros profesores lo estuvieron de nosotros, ¿o más?,

adúltera, ¿por qué me has puesto los cuernos?, ahora cada vez que entro por una puerta tengo que agacharme y toda la gente me mira y se cree que estoy colgado, a una maruja con peluca he estado a punto de decirle que no era que estuviera endrogado sino que mi novia me ha puesto los cuernos con el hijo del vecino de sus padres, pero empecemos por el principio porque la historia tiene su cachondeo, César, que es el hijo del vecino de sus padres y amigo mío del barrio, y yo arrancamos la tarde de ayer en su habitación enseñándome el equipo de música que se ha comprado, y enseñándole el equipo de música e imagino que algo más acabaron los dos tortolitos ya amaneciendo, una perfecta estructura circular digna del vodevil que representamos, entramos en escena César y yo, recogemos a Mesca y Vicente, bebemos, hablamos de tonterías, bebemos, bailamos, bebemos, y Mesca de repente, sin mediar palabra ofensiva ni de ninguna clase, nos manda a la mierda y se va, entonces Vicente y yo decimos al unísono, está loco, mientras César se queda patitieso, después, pimpán, pimpán, vamos a otro bar, mira, Vicente, tu hermana y su amiga con un moro, ¿y qué hacemos?, pues qué vamos a hacer, bebemos con el moro, bailamos y volvemos a beber con el moro hasta que nos vamos a otro bar a hacer lo mismo, y estando en éstas, ¿quién entra?, el Mesca, que pasa de nosotros y se pone a hablar con la amiga de la hermana de Vicente, que la conocía, al final se van los dos a otro bar, y los demás nos quedamos bebiendo y bailando sin el moro, que también se va porque la hermana de Vicente no quiere aprender idiomas, que también se va con unas amigas del trabajo, entre las cuales está la antigua novia de César, por tanto otro que desaparece, estas deserciones nos dejan solos ante el peligro a Vicente y a mí, después de mucho tiempo estamos frente a frente, sin nadie, y me entra un miedo a que las cosas que antes nos hacían inseparables ahora no nos hagan ni cosquillas, su mirada me dice que no, pero sus palabras me dejan la mente en blanco al oírle decir que también se va, ¿por qué no vamos a donde sea?, sí, otro día, en el mismo instante, en la otra parte del mundo, después de irse de juerga con unos parientes del pueblo de su madre, aparece Elia borrachica buscándome, y a quien encuentra, como ya intuiréis, no es a mí sino a César, que prefiere las teticas de Elia al culo de aparadora de su antigua novia, Elia, si ya me lo has dicho esta mañana, si quieres te bombardeo otra vez con preguntas, pero ¿de verdad que no tiene nada que ver con nosotros?, ¿no es porque no me quieres?, ¿es cierto que me buscabas para decirme que me quieres?, ¿entonces por qué lo has hecho?, claro que lo entiendo, ¿por qué no voy a entender que te entró morbo y además se creó entre vosotros cierta complicidad?, te creo que es sólo por eso, no le des más vueltas, que estoy bien, ¿y tú estás bien?, no es plato de gusto pero tampoco es para rasgarse las vestiduras, déjalo ya, que si no tiene que ver con nosotros no es un drama sino un vodevil,

entonces, Mesca, ¿Vicente se ha ido a Valencia?, pues no me dijo nada anoche, lo más seguro es que me habrá llamado a mi casa, ¿sí ha llamado?, ¿y sólo te ha dicho que me dijeras que se iba?, ¿no te ha dicho nada más?, no, nada, no, a mi casa no llaméis más, sí, voy a pasar de ir y ahora de verdad, no, llevo dos días durmiendo en una pensión, que no se te escape si está Elia delante, no quiero agobiarla más con mis padres, ¿y tú qué tal?, ¡ah, te ha venido ya el paro!, ¿y las oposiciones al Canal 9 cuándo son?, pues hasta octubre quedan poco más de dos meses, como no te espabiles y dejes tu vida de vicio, desde que viniste estás como una moto, ¿en Madrid también funcionabas así?, pues menuda caña, pórtate bien, o te saco bizco, manco y cojo en la novela, ¿qué tía es la que quieres que mire? no, no quiero más cerveza, estoy cansado de que nos emborrachemos todas las noches que nos vemos, quiero tranquilizarme, y tú también deberías, ¡qué cura ni qué ocho cuartos!, sólo es un consejo, lo que pasa es que no se te puede decir nada, y tú, en cambio, incluso puedes sin motivo mandarnos a la mierda como anoche, tío, sí, lo sé, sé que estás jodido, pero eso no es excusa para nada, ¿no ves que al mirarte al espejo te escudas en el personaje de director o de amargado?, claro que lo sabes y de sobra, sí, es tu tabla de salvación, pero sólo temporal, no te engañes, ¿cómo que no puedes hacer otra cosa?, ¿no me digas que sólo puedes hablar de tus cortos o emborracharte e ir detrás de cualquier bulto que tenga faldas?, pues las llevas claras, tío, que no quiero comerte el coco como tu madre, es lo que veo, vale, vale, ¿quieres tomar algo?, ¿Mahou o cuál?, camarero, un café para mí y una fanta para el chiquillo,

Elia dijo que el sábado pasado me buscaba para decirme que me quiere, pero, como últimamente, hoy no se ha venido al cine, y por mucho que haya dicho yo que mi soledad era ficticia no es verdad, además, desde que entramos los dos a la última sesión y nos sentamos en una de las últimas filas, es dulce, por eso hasta que apaguen las luces miro fijamente un punto en el infinito para que no me reconozca ningún goloso, ni siquiera el que anda como un robot, y al ponerse a mi lado la chafe con las batallitas de las oposiciones que se celebraron hace dos semanas y a las que no me presenté, estoy deseando que las luces dejen de estar encendidas para estar convencido de que he hecho bien en cansarme tan pronto de desgastar energías contra el muro de cemento armado de los interinos y la vanguardia demoledora de las ratas de biblioteca, ¡eh!, que yo venía a desaparecer un rato en la risa con Woody Allen y no a verme todos los defectos delante de un espejo, como un deseo se ilumina la pantalla y dos segundos después se apagan las luces, esto ya es otra cosa, ¡cómo me gusta ver los

205

trailers de las películas que no voy a ver jamás!, lo sé porque la historia está bien reflejada y es tan coherente en un minuto que la película debe ser pura bazofia, es un cuento perfecto pero una mala novela, seguro que más de alguna vez me habré equivocado, para eso estamos, ¿no, soledad dulce?, tu risa de azúcar morena ya ha empezado a flotar y no está sola, otra risa, de pera de agua, la salpica dos butacas más allá, no debería mirar para ser inmaculado, pero compruebo que tiene el pelo largo y tetas, ¿por qué se ha sentado exactamente aquí pese a que el cine está casi vacío?, ¿no habrá significaciones ocultas?, será puta casualidad, ahora es la primera vez que el matón le da consejos sobre la obra de teatro al escritor, y las risas de nuestras soledades se escuchan y se mojan, ahora es cuando el actor gordo se atiborra de comida a escondidas, y las risas empapadas que pertenecían a nuestras soledades se funden jugueteando, y casi casi estoy a punto de sentarme a su lado y cogerle la mano, pero ¿y si es una amarga interina que ha sacado la plaza cuando acabe la risa?, además la película falla y no hace mucha gracia,

¿dónde estará el mapa?, ¡ah, sí!, en la caja de las fotografías, pues por aquí cerca podíamos ir unos días a Jávea y esa zona, de aquí a Albaida, luego a Gandía y luego bajar a Jávea, o también podíamos ir por el interior, Buñol, Alborache y esa zona a lo mejor está bien, por allí será más fácil poner la tienda en cualquier sitio y todo será más barato, cuando venga Elia esta noche lo planearemos, durante esos días va a cambiar todo definitivamente,

Elia

Pedro, anoche no quise hablar de las vacaciones porque no quiero ir a Buñol, ni a Jávea, he decidido irme sola a Barcelona a casa de mi amiga Ruth todo agosto, necesito tomar aire fresco, alejarme de aquí, de ti, antes tenía claro que te quería y que lo que nos pasaba con el paso del tiempo se arreglaría, pero ahora no sé si te quiero, bueno, sí lo sé, te quiero, pero lo que dudo es si seguir viviendo contigo, reconozco que cambiar sí has cambiado, aunque ya no es eso, ni tampoco que últimamente parecía que estabas más enamorado de tus amigos que de mí, no, no es nada de eso, quizá es que no coincidimos en los buenos momentos del otro, o quizá simplemente que es tarde ya, no sé, tengo un lío en la cabeza, por eso me voy lejos, para pensarlo, para ver si te echo de menos o no, esto es lo que tenía que decir," y esto es lo que me ha dejado mudo,

Elia, tú te tirabas de cabeza al agua y no salías de debajo hasta quince o veinte metros más allá, y yo te miraba desde la orilla sintiéndome como un coche fuera de circulación en el cementerio de automóviles, exactamente así me sentía, exactamente así querías que me sintiera, ¿no?, si no por qué, sabiendo que no sé nadar, me llevaste a una cala donde no se veía el fondo, estuve a punto de saltar, pero me detuvo el débil lamento de un perro moribundo entre las rocas, me acerqué y hortera lo llamé Bobby, el pobre tenía ridículas convulsiones y echaba espuma por la boca, volví adonde tomabas el sol y no te dije nada para que no te entrara mal rollo o asustaras, no sé, entonces fue cuando no me dijiste que fuiste a buscarme para decirme que me quieres y, en cambio, sí te oír decir que se iba la Elia de siempre a Barcelona para volver otra que no iba a conocer, por eso, mirándote con insistencia febril, intenté recordar algo de los últimos meses que anunciara este desenlace, y me di cuenta, con infinita sorpresa, que todo había sido un paso hacia ese momento, se me había escapado el factor de que no eres sólo parte del juego sino que también jugabas a otro ritmo distinto del mío, subterráneo, en el que no cabían las juergas con mis amigos, que te recluían más, y la cuestión es que cómo no lo iba a saber, pero duraba tanto tiempo y era tan cotidiano que parecía que no fuera a ocurrir, yo hacía todo lo posible conmigo, incluso cambié de desodorante para no oler a podrido, pero se ve que no es suficiente con eso para que todo no parezca lo mismo de siempre, sí, de todo esto me di cuenta en un segundo, sí, siempre un segundo tarde, por eso, al no poder articular palabra, como si fuera un símbolo de nuestro amor, fui a ver al perro, absurdo bajo aquel cielo azul que hería de belleza, para saber si todavía estaba vivo y era el mismo que mi padre atropelló hace tiempo,

Elia, yo sí te echo de menos, y no sabes cómo, sólo llevas una semana en Barcelona, no, ya llevas una semana, y aún no he podido hablar contigo, el teléfono que me diste nadie lo coge a ninguna hora del día o la noche, la carta que no sé si me has escrito no llega, ¿qué tal por ahí?, ¿te lo estás pasando bien?, seguro que ya estás morena, yo también debería tomar el sol para no estar asquerosamente blancucho, así por lo menos a tu regreso no te parecería un cadáver, pero desde que me levanto, a la hora de comer, me trago toda la tele hasta la madrugada con Tigretón al lado y sólo salgo a la calle a llamarte, quiero ser un mueble que no piense demasiado, aunque no tanto como para no reírme de las ñoñerías que dice en las despedidas el presentador del telediario del fin de semana, es mi único pasatiempo en ese tiempo de mantequilla en que todo se me deshace entre las manos y cuando me asomo a la ventana me da por imaginarme chiquilladas como que ni siquiera vas a volver, ¡hostia puta!, ahora que me acuerdo, no he regado las macetas, si se me secan me matas,

93, 203, 54, 71, venga cógelo, que lo cojas, bueno, marco otra vez, 93, 203, 54, 71, ahora sí lo vas a coger, ¿no?, en este momento acabas de llegar de la playa y vienes corriendo a cogerlo porque sabes que soy yo, venga, Elia, cógelo, que todo al deshacerse en mis manos también me está derritiendo a mí, ¿no lo coges?, ¿no lo vas a coger?, pues sabes qué te digo, que te zurzan, si te crees que voy a estar de penitencia las llevas claras, me voy a ir de pingoneo a Elda, me voy a gastar las 25.000 ptas. que me diste de limosna para pasar el mes, y si me pongo chulo, hasta las 35.000 del alquiler, no, aún no lo he pagado, ¿y qué?, ya verás cómo las voy a fundir todas, pero ahora mismo, ¡eh!,

una cerveza, bueno, Antoñín, ponme dos, sí, es que tengo una sed, ¿y eso que no te vas de vacaciones?, ¡hombre!, dos semanas son dos semanas y además a finales de agosto es mejor, por lo menos para mí, no, no me voy, no tengo pelas, para ser agosto esto está lleno, ¿eh?, no, si creía que iban a estar por aquí, pero Vicente, según me ha dicho su abuela,

se ha ido a Valencia y Mesca no tengo ni puñetera idea, a lo mejor se ha vuelto a Madrid,
no, es que el último día que lo vi lo dejó entrever, cámbiame la cerveza, a ver si puede
ser que esté más fría que la primera, vale,
está bien, ¡hola!, pero mira quién es, mi prima Elena, ¿qué haces aquí?, ¿y Andrés?, ¿y
qué hace en Francia?, sí, él te ha dicho que
va a llevar fruta, pero se ha ido a otra cosa,
sí, estoy solo, está en Barcelona en casa de
una amiga, no, a mí no me apetecía, ¿y el
crío?, ¡ah!, ¿y has venido sola?, no, no conozco a nadie que se llame Yolanda, ¡hola!, ¿qué
tal?, sí, por desgracia, soy su primo desde
que nací, ¡eh!, que es una broma, ¡madre
mía, qué pegona eres!, si hasta me has hecho
un morado, bueno, ¿qué queréis?, no, invito
yo, pues entonces dos cintas de whisky y una
cerveza, ... dos rondas después..., aquí traigo
una botella de agua para mi prima Elena,
otra cintita de whisky para Yolanda y mi cerveza, ¿qué os iba diciendo antes?, ¡ah, sí!,
que el presentador del telediario del fin de
semana es carca con ganas, ¿nunca lo habéis
visto?, pues el tío se pone a dar consejos
como si hiciera un consultorio sentimental,
tiene toda la pinta de estar frustrado por no
haber sido cura, ¡eh, César!, ¿vas solo?, ¡ven-

te!, como estará todo cerrado vamos a la discoteca, bueno, bueno, hasta otra, venga, vámonos a la discoteca, Elena, ¿cómo te vas a
ir tan pronto?, si sólo son las tres, pero si el
niño está con tu madre, ven aquí, que te voy
a convencer, Yolanda, ahora venimos, es que
voy a convencerla, Elena, ¡qué tetas más bonitas tienes!, ¿por qué no te las puedo tocar?,
¿tú no tienes ganas de hacerlo?, yo sí, no
digo tonterías, ¿no te acuerdas cuando jugábamos a médicos?, ¿y aquella vez que te pillé
desnuda en tu habitación?, sí, pero el morbo
sobrevive, vale, vale, si no quieres dejémos-
lo, nada, Yolanda, que no la he convencido,
pues hasta otra, ¡ah, que tú te quedas!,
...otras dos rondas después..., te voy a besar
ya, tú también estabas toda la noche deseán-
dolo, ¿no?, ya, si es que mirabas de una manera que hasta podía deletrearlo, be, e, ese,
a, eme, e, esto es lo que me decías y me estás
diciendo otra vez, sí, mejor en tu coche, nos
ponemos detrás, ¿no?, ...más tarde..., me ha
gustado mucho, hace tiempo que no lo hacía
con tantas ganas, ¿que cómo ha sido?, ¿sabes cómo ha sido?, ha sido como robar chucherías en un quiosco, ¿mañana?, no puedo,
es que voy ahora a Alcoy, sí, a las ocho sale el
autobús, me voy a acabar una novela que es-

toy escribiendo desde hace tiempo, no, es la
segunda, *como el autor*

escribo para dejar de pensar en ti recordán-
dote, pasearás por las Ramblas o habrás ido
al Camp Nou para no encontrarme al lado de
Cruyff, pero estás aquí, cuando trajiste a Tigretón, las muchas veces que he intentado
que no te asfixiara mi mierda y las pocas que
lo he logrado, o cuando me llegaste a ver
como un bicho con antenas y patas en forma
de sierra, ¿aún me ves así o ya ni siquiera me
ves?, otra vez todo parece una obra de teatro
y que cuando acabe de escribir dejaré atrás
este papel y me darán el que quiero, pero es
tan difícil creerlo cuando no has cogido ni
una sola vez el teléfono,

aunque por fin he recibido una postal de
Barcelona, la letra no me ha parecido tuya,
si me dijeras algo que nos perteneciera, pero
es como si no me conocieras y no pudieras
obviar nada, eso para ti, porque para mí
es como si me contaras cosas que desde

siempre sé y ya no me emocionan, a lo mejor tampoco es eso, es que no sé si incluso el beso que me envías es falso o es como el que me diste después de aquella vez que hicimos el amor en el aseo de un bar, si escribo sobre él soy de cartón piedra, y si no y leo la postal por vigésima vez, no puedo dejar de llorar y llamarte por toda la casa, Elia, Elia, Elia, Elia...,

no puedo acabar la novela hasta que vengas y me eche a la boca un pedazo de realidad, hasta que no seamos de carne y hueso no sabré si de verdad te echo de menos o es otro de mis juegos de prestidigitación, parece real, pero a lo mejor no lo es y mis sentimientos sólo son espejismos, ¿Yolanda fue un poco real?, ¿Elia es demasiado real?, o mejor dicho, ¿yo sólo quiero ser de ficción?

Elia, me estoy haciendo pequeño para recibirte mañana en la estación de tren, he vuelto a comer gominolas y a comprar cromos de futbolistas, pero tengo miedo de tenerlos todos repetidos y entonces no quieras saber nada de fútbol o de mí, tampoco es que vea tantos partidos, alguna final y cuando juega España, que siempre gana a costa de perder yo, será eso, que ya no sé encajar las derrotas, que ya no sé perder la cabeza por ti, pero es mentira, estoy dispuesto a cambiar a Neskens, aunque hace ya mucho tiempo que no juegue, por cualquier jugadorcillo de ahora, pero no, un zambombazo suyo es capaz de revolverme las tripas hasta recordarme que estoy enamorado de ti, sí, estoy enamorado de ti y ningún gol fantasma nos va a eliminar, ¿a que no, Elia?,

Jaime, mira quién viene, es tu mamá, venga, corre, ¡hola, Pilar!, ¿qué tal el verano?, sí, ya me he dado cuenta de las heridas, los rosales, ¿no?, Jaime, anda que no te lo habrás pasado bien en el chalé, ¿eh?, yo bien, tranquilico, no, a la playa no he ido, no ves lo blancucho que estoy comparado con Jaime, está morenazo morenazo, ¿eh?, sí, me ha conocido nada más llegar, lo he llamado y no ha venido a abrazarme, pero sí me ha sonreído, en este mes anda que no ha cambiado, mira más, está más tiempo sentado, sí, muy relajado, pero en lo que se ha hecho un experto es en meter piedras en cubos y botellas vacías, eso es el primer paso para que se inicie en el juego, sí, eso es muy bueno, me ha sorprendido mucho, de verdad, yo también me alegro, es que día a día no se ven tanto los cambios como cuando se pasa un tiempo sin verlo, ¿cómo a mí?, nada, que ha evolucionado mucho, ¡Jaime!, ¿teléfono para mí?, perdona Pilar, vale, hasta mañana, Jaime, ¿sí?, ¡hola, mamá!, ¡bien!, sí, hoy es el primer día, no, no estoy hecho un palillo, ¿y tú cómo estás?, ¿y el papá?, pues si te duele el corazón ve al médico, pues también ve al del riñón, pues entonces ve a todos y así no fallas, pues ve de pago, pues si tu marido no quiere sacar dinero del banco, sácalo tú, pues si tú te mareas al salir sola a la calle que te..., voy a colgar, es que voy a perder el autobús,

me he puesto tu camiseta, la que te hace las tetas como mandarinas, y recordando el olor de mis caricias he cogido el autobús a Onteniente para dejarte una nota de amor en el limpiaparabrisas, acostumbrado a los cortí-

217

simos 200 m de cuando nos conocimos, se han hecho eternos los 35 km del trayecto que no quiere que sigamos juntos, en los peores momentos me imaginaba que con sólo alargar el brazo te podía rodear la cintura, pero ahora me da escalofríos lo lejos que siento los latidos de tu corazón, al fondo fondo de mí, ¿y si aguantas la respiración y no encuentro tu coche?, me has dicho que me quieres y que lo intentemos otra vez, y también que lo de Yolanda te ha dolido, pero por qué no hicimos el amor nada más bajaste del tren, ¿es que lo tenemos que hacer en el coche como al principio?, si es así, ésta es la primera nota que te dejé en el limpiaparabrisas al día siguiente de haberte dado todos los poemas y de decirte que te quería desde hacía tiempo,

he llamado a Vicente, Mesca me ha escrito una carta desde Madrid y Elia está a punto de llegar del trabajo, y, sin embargo, parece que Elia aún esté en Barcelona, Mesca no me haya escrito y con Vicente no haya hablado, hoy no me cojo el ritmo, voy a empellones, tengo uno de esos días en los que te enredan los testigos de Jehová y les cuentas tu vida, por allí vienen, doblo la esquina para evitarme, esto otra vez va adquiriendo un cariz que no me gusta un pelo, empiezo por no darme los buenos días y acabo leyendo temas trascendentales como la muerte y el más allá, y claro, luego es inevitable la pesadilla despierta de que Vicente no tiene teléfono, Mesca me envía cartas con jeroglíficos ininteligibles y Elia no cogía el teléfono no porque estaba averiado sino porque me va a dejar, tendré que recuperar la lógica, no sé qué me pasa, a lo mejor me debería ocurrir todavía algo más gordo que lo que me ha pasado hasta ahora, algo que hiciera que fuera yo el que buscara a los testigos de Jehová para que la próxima ocasión que me vieran doblaran la esquina y yo no me evitara, así nada ni nadie me podría echar al suelo las tres cosas que tengo claras para hoy, o sea, que Elia está abriendo la puerta de la calle y me besa, que con Vicente he quedado en El Paso el sábado y que Mesca se acuerda de mí,

¡hola!, esto es la Casa de la Juventud, ¿no?, pues quería informarme sobre las oposiciones tanto de ayuntamientos, de las comunidades y estatales, ¿éstas son las que hay?, bueno, sí, estas dos de bibliotecario me interesan y la de celador también, ¿vosotros tenéis el BOE o el DOGV?, oye, ¿podría poner una nota de que se comparte piso en el tablón de anuncios?, ¿y otra de profesor de apoyo a domicilio y de que se pasan trabajos a máquina?, ¡vale, gracias!,

Elia, pero ¿qué haces aquí?, si sólo son las seis, ¿qué pasa?, ¿ha pasado algo?, ¿mi abuelo?, eso no es verdad, mi abuelo no puede haber muerto, si anteayer lo vi y estaba tan bien como siempre, ¡que no!, me puedo creer cualquier cosa, pero esto no,

el de las sandalias de goma está desquiciado porque su ex mujer no le deja ver a sus hijos, El Grillo, uno con la cabeza apepinada, se pone a cantar una canción de Pimpinela en medio del paso de cebra, una pareja de novios se revienta los granos de pus..., contemplar ensimismado el paisaje humano que viene, va, es como tomar un tripi y alucinar gambas, y es que los seres humanos somos cojonudos, tanta monserga con lo fabulosos que deben de ser los extraterrestres sin darnos cuenta de que les damos veinte mil patadas, porque donde esté un terrícola hecho y derecho sepultado diez días bajo los escombros de un edificio, muriéndose de hambre en Ruanda o en Arganda del Rey o pegándole un tiro a un vecino, que se quiten todos los etés del Universo, y es que estar vivo es tan emocionante como la visita de los cerdos al matadero,

Antoñín, ¿qué tal?, ¿y las vacaciones?, de puta madre entonces, ¿no?, Elia, ¿qué quieres?, dos cervezas, ¡joder con el Atleti!, ¿eh?, como siga como ha empezado este año se sale de la tabla, aunque ya veremos el batacazo, sí, sí, Elia, ¿entonces lo de la cena con Vicente en el mejicano va viento en popa?, pues ya tengo hambre y no viene, ¿echamos a la tragaperras a ver si cenamos gratis?, sí, venga, vamos, no va, Antoñín, ¿es que la tragaperras no va?, nada, déjalo que ya viene Vicente, ¡cabrón, cuánto tiempo!, tío, ¡qué pelo más largo!, nunca te había visto el

Este libro se acabó de imprimir
en Limpergraf, S.L., Ripollet del Vallès (Barcelona)
en el mes de marzo de 1996